권세연 권인선 김미정 김수지 김연희 김지혜 김태은 백미정 서혜주 위혜정
유선아 이고은 이수아 이정숙 이지영 임미영 전숙향 한효원 홍미진 황선희

여성 작가 20인의 인생과 언어

괜찮아,
바로 지금이 나야

대경북스

괜찮아, 바로 지금이 나야

1판 1쇄 인쇄 2022년 11월 7일
1판 1쇄 발행 2022년 11월 10일

발행인 김영대
편집디자인 임나영
펴낸 곳 대경북스
등록번호 제 1-1003호
주소 서울시 강동구 천중로42길 45(길동 379-15) 2F
전화 (02)485-1988, 485-2586~87
팩스 (02)485-1488
홈페이지 http://www.dkbooks.co.kr
e-mail dkbooks@chol.com

ISBN 978-89-5676-935-6

좋은데 어떡하랴

우리가 책 읽는 이유, 글 쓰는 이유는 내 안에 살고 있는 감정의 개수 만큼이나 많을 것이다.

그런데 나쁜 감정이라 일컬어지는 슬픔, 분노, 짜증, 우울, 무기력, 불안과 좋은 감정으로 예쁨 받는 기쁨, 설렘, 행복, 즐거움, 감사함은 카테고리명이 틀렸다. 감정은 나쁘다 좋다로 판단할 수 없다. 감정은 나와 내 삶을 구성하고 있는 요소들이고, 내가 어떻게 해석하느냐에 따라 위치가 달라지기도 한다. 또한 감정을 조절한다거나 억제한다는 말도 틀렸다. 감정은 알아차리고, 관찰하고, 흘려보내는 것이다.

감정에 새로운 시선을 가질 수 있는 최적의 도구 '글쓰기'로 대한민국 여자들이 함께 했다. 글쓰기의 기본 요소는 글자다. '우리는 글 쓰는 여자들입니다' 를 줄여 '글.자' 모임명을 만들어 20명의 저자들이 토요일 새벽 6시부터 7시 30분까지, 6주 동안 줌 공간 에서 만났다.

'글쓰기'라는 단 하나의 공통점으로 30대부터 60대까지, 안양 안산 대구 순천 안동 등 연령과 사는 지역이 다양한 우리는, 밥솥 안 밥알들처럼 끈끈하게 뭉쳤다.

다양한 글의 형태를 통해 마음을 자연스레 쓰고 싶었다. 자신도 모르게 외면하고 있던 감정들에 이름을 붙여보고 싶었다. '나'라는 사람을 글 쓰는 순간에 들여다보고 싶었다.

1장 '엄마'에서는 감정어를 세분화했다. 아프다, 쑤시다, 아리다, 후비다, 찢기다, 미어지다…. 조금씩 다른 뜻을 가지고 있지만, '엄마'를 많이 닮아 있는 감정들이다. 우리의 기억과도 맞닿아 있어 상처라 불리기도 한다. 감정과 상처에 속지 않는 노력과 훈련이 필요하다. 그래서 엄마를 생각하며 글을 썼고 우리는 '그랬군요'로 결론지었다. 엄마의 감정과 상처, 나의 감정과 상처는 해결하거나 외면해야 할 성질이 아니라 고개를 끄덕여야 할 우리 삶의 일부분이기 때문이다. 그것을 인정할 때 우리는 '지금 여기'에 존재할 수 있다.

'고맙습니다'의 '고마'는 단군 신화의 '곰'에서 유래되었다고 한다. 우리는 신과 같은, 자체만으로도 고마운 존재들이라는 의미가 있다. 그리고 '고마워하다'의 'thank you'는 '생각하다'의 'think'와 어원이 같다.

이를 토대로 '존재 자체에 고마워하며 생각하다'라는 문장을 만들어 머물러 보았다. '태아'가 떠올랐다. 그 생명체에게 고마워하는 글을 써야겠다는 결론을 얻게 되었다.

2장 '고마움'에서는 태아의 나에게 편지쓰기를 했다.

나는 모든 인간의 진보가 새로운 질문에서 비롯된다고 믿는다.
- 앤서니 라빈스, <네 안에 잠든 거인을 깨워라> 저자 -

질문은 자기 스스로 깨닫게 한다.
- 칼리 피오리나, 휴렛 펙커드 CEO -

정확한 답을 찾으려면 우선 정확한 질문을 해야 한다.
- S. 토빈 웹스터 목사 -

인생의 쉼표, 마침표, 느낌표를 찍기 위해 전제되어야 할 문장부호는 물음표이다. 나와 내 주변을 향해 질문을 던지는 행위는 끊임이 없어야 한다.

3장 '질문'에서는 태어나서 처음 접하게 된 질문, 조금 독특한 질문, 답하기 쉽지 않은 질문 등을 한 가지씩 가져가 한 편의 글을 완성했다. 질문을 주제로 글을 쓰고 난 후 깨닫게 된 것은, 우리 안에는 이미 보석이 있었다는 사실이다.

여러분은 자신에게 잘못을 저지른 타인이 아닌, 자신을 용서해야겠다고 생각해 본 적이 있는가. 만약, 그런 적이 있었다면 자신의 어떤 부분을 용서해 주었는가.

4장 '용서'에서는 텅 빈 마음이 드러난 그때의 자신을 덮어주고 용서하는 시(詩)를 썼다. 부족한 나의 모습이나 다른 사람에게 피해를 입혔던 내가 아닌, 지금까지 잘 살아낸 자신을 함부로 대하며 더 잘해야 한다고 채찍만 가했던 모진 마음에 대해 말이다. 용서가 필요한 그때의 나를 글과 함께 바라보면, 생각보다 나는 꽤 괜찮은 사람임을 알게 된다.

나는 왜 글을 쓰는 걸까.
이렇게 글을 써도 되는 걸까.
내 글을 사람들이 좋아해 줄까.
글을 조금 더 잘 쓸 수 있는 방법은 없을까.
내 글은 독자들에게 공감과 위로를 줄 수 있을까.

5장 '글'은 글을 쓰며 간간이 튀어나오는 두려움들을 의인화하여 자신을 돌아보며 나만의 해결책을 찾을 수 있도록 동화 형식으로 완성했다. 내 마음에서 한 걸음 물러서서 투사해 보는 방법은 상상력으로 기지개를 켤 수 있게 큰 힘을 발휘해 주었다.

나를 변화시키고 성장시킬 수 있는, 휴식을 취할 수 있는 방법은 너무, 매우, 정말, 진짜 많다. 그 중에 우리는 글쓰기를 선택했다. 작가님 모두, 글쓰기로 변화했다. 성장했다. 그리고 휴식했다.
작가 소개말에 붙어 있는 가치 단어들은 자신의 삶과 글에 주는 선물

기획자의 글

이다. 그 단어들을 얻기까지 얼마나 많은 감정과 싸웠을까. 그 단어들을 얻기까지 얼마나 글과 사투를 벌였을까. 그리고 가치를 캐내었다. '지금'에 존재하는 자신을 발견했다.

　글을 써 보니 좋은데 어떡하랴. 이 좋은 걸 다른 분들도 같이 했으면 하는데 어떡하랴. 그래서 먼저 보여 주어야겠다 결심했으니 어떡하랴.

우리는 해냈다!
이제, 여러분 차례다.
글과 함께, '지금의 나'를 발견해 보자.

백미정

차   례

2장. 고마움

　　: '태아의 나'에게

CONTENTS

4장. 용서

　　: 텅 빈 마음이 드러난 나를 덮어주기

CONTENTS

1장. 엄마

: 알고 싶은 존재

정철 작가는 《인생의 목적어》 책에서
엄마를 네 글자로 표현하면
'미안해요',
열두 글자로 표현하면
'미안하다고 말하지 못했어요'라고 했어요.
여러분은 엄마를 생각하면
어떤 감정 단어가 떠오르는지요?
아프다, 쑤시다, 아리다, 후비다, 찢기다, 미어지다….
아마, 마음이 찌릿해지는 단어들이
많지 않을까 싶습니다.
그 찌릿함을 풀어내는 기억과 말을
다시금 글로 표현할 수 있다는 건,
축복입니다.
그럼요, 축복이죠.
슬픈 감정들에 속지 말고 나의 진심을
글쓰기와 함께, 우리 작가님들과 함께 찾아보세요.
엄마를 네 글자로 표현하면
'그랬군요'.
열두 글자로 표현하면
'이젠 고개를 끄덕일 수 있어요'라고
할 수 있도록 말이에요.

억척같이 붙어 있는 핏줄의 굴곡,
들숨과 날숨으로 가벼워지길

위혜정

"전화 자주 해줘서 고마워." 엄마의 말끝에 외로움이 스민다. 아버지의 장례식 이후, 무한 반복되는 회한과 성토 뒤에 꼭 '고마움'의 마침표를 찍는 엄마의 서사에서 혼탁한 고독이 씹힌다.

찢어지게 가난했던 집안, 9남매 장남의 책임을 고스란히 함께 감내한 맏며느리의 무게추가 마음 판을 짓눌러왔다. 이제 들어내도 되는데 이미 깊은 자국이 패었다.

기억 저편에서 알뜰과 궁상을 두르고 서 있는 엄마의 모습, 남루한 옷과 겨울철에 신던 여름 슬리퍼가 아릿하다. 일신의 호강을 제쳐놓고 며느리, 올케, 부모의 역할 속에 허우적대던 엄마의 희생에 장녀로서 '보답' 대신 '보상'을 해주고 싶었다. 돈도 빽도 없었기에 유일한 출구라 믿은 공부에 열을 올렸다. 엄마의 학부모 시기에 뿌듯함의 옷을 입혀드렸다. 잠깐 아버지의 사업 호황으로 경제적 여유가 깃드는 듯했다. 하지만 잠시 부풀었던 호사의 거품이 사라지고 느닷없이 엄마는 치매 남편 수발의 고역과 마주해야 했다. 고군분투했던 시절만큼 유예되었던 삶의 자유를 또다시 저당 잡혔다.

아버지의 장례식장을 지키던 외삼촌은 마른 땅처럼 척박한 엄마의 손등 위로 억척같이 붙어 있는 핏줄의 굴곡을 보며 '80대 할머니 손 아니냐!'며 가슴을 쳤다. 엄마의 입술 밖으로 터져 나오는 정의되지 않은 감정들, 묻어 두었던 그 억울함의 조각들이 덜컹거리며 굉음을 낸다. 탁한 과거가 소환될 때마다 질식되지 말고 걸러지면 좋으련만. 맑은 공기가 주입될 거름망, 나의 귀와 마음을 연다. 다 게워내면 좋겠다. 찢겨 너덜해진 마음이 회복되고 맑은 날숨과 들숨이 오가며 엄마의 여생이 가벼워지길 바란다. 외롭지 않게 그리고 맑고 투명하고 자신 있게.

엄마는 괜찮아

이 고 은

현관문을 열고 집에 들어섰다. 신발을 벗으며 허공에 대고 소리친다.

"엄마! 나 왔어!" 아무런 대답이 없다. '엄마가 집에 없나?' 생각하는 찰나 통화하는 소리가 귓가에 닿았다.

"어. 그래. 그렇지. 그랬구나."
통화하는 엄마를 지나 방으로 가서 가방을 정리하고 습관적으로 부엌으로 향했다. 냉장고를 열어 본다. 엄마가 손수 만들어놓은 요구르트가 보인다. 수제 요구르트는 내 입맛에 맞지 않아 딸기잼이나 꿀을 넣어 먹는다.

"엄마, 딸기잼 어디 있어?" 대답이 없다. 엄마의 손에는 여전히 전화기가 있다. 통화는 하고 있지만, 말은 없다. 친정에 가면 이런 모습을 자주 본다. 전화기를 붙들고 있지만 듣고 계시다 이따금 대답만 하실 뿐이다. 그때는 잘 몰랐다. 별로 말도 안하면서 왜 전화기를 붙들고 계시는지. 20년이 지난 지금도 엄마는 여전하시다.

여전히 타인의 이야기에 귀 기울여주시고
여전히 타인의 이야기에 위로해주시고
여전히 타인의 이야기에 공감해주시고
여전히 엄마의 지인들은 자신의 이야기를 엄마에게 하고 있다. 그런 엄마는 딸의 부탁이라면 뭐든지 들어주신다. 본인의 일정을 조정하면서까지 딸을 위해 희생한다. 엄마에게 부탁하길 꺼리면서도 결국 친정엄마를 찾게 된다. 그럴 때마다 엄마는 나에게 말한다.

"엄마는 괜찮아."

엄마의 어록을 다시 듣기 위해

서혜주

"니, 내 나이 돼 봐라."

엄마와 나는 27살의 나이 차이가 있다. 나의 엄마는 50대까지도 내게 저 말을 잘 했다. 엄마의 창작 말이 아니라 엄마도 엄마의 엄마에게서 긴 세월 동안 무수히 들었을법한 말.

내 눈에 엄마는 늘 삶이 고달팠다. 17살부터 시작했다는 교사 생활을 63세에 교장으로 정년퇴임하기까지 여유 있는 모습을 뵌 기억이 거의 없다. 주 5일 근무가 정착되기 전에는 토요일까지 주 6일을 근무하고 일요일 하루 달랑 쉬었다. 스스로 공부가 짧았다고 생각했던 엄마는 당신 자신에게 휴식을 허락하지 않았다. 학기 중에는 퇴근 후 자기 계발을 위해 서예를 배웠고 방학이면 첫 3~4일 동안의 가족 여행을 제외하곤 이런저런 연수 받기에 바빴다.

평일 저녁 시간 부부동반 모임에 갈라치면 잘 차려입고 여유롭게 도착하는 직업 없는 그녀들과 달리, 퇴근 후 허둥지둥 시간에 대어가는 자신을 비교하며 자괴감과 함께 심한 씁쓸함을 느끼곤 했다. 혼자만의 느낌으로 두지 않고 개선의 여지없이 반복되는 얘기로 집안 공기를 가득 채우며 자신도 가족들도 불편하게 만들었다.

엄마의 어록 중에는 "니가 뭘 아노?", "니가 뭘 할 줄 아노?"도 있다. 엄마는 아직도 내가 1,750g의 미숙아로 태어났던 사실이 마음속에 각인되어 있나 보다. 당신이 다 해결해 줘야 하고, 영원토록 당신의 보호 하에 있어야 하는….

얼핏 들으면 그것은 염려인 듯했지만 한편으론 무언가 하려는 의지를 꺾는, 김이 팍 새는 말이기도 했다. 이러나저러나 엄마의 품 안에서 샛길도 가고 잘못하여 도랑에도 빠져 보면서 여기까지 왔다.

젊은 시절 그 무섭고 서슬 퍼렇던 엄마는 이제 온 데 간 데 없다. 긴 세월이 흘러 이제 심신이 아팠던 자식도 떠나고 남편도 보내고 홀로 외로운 섬이 되었다.

섬인 엄마와 뭍인 아이들 사이, 나는 아름다운 가교일까? 아니, 나 스스로 엄마와 연결되고 싶기는 한 걸까?

"요샌 와 전화 한 통 없노?" 엄마가 이렇게 말할 때가 나았다. 요즈음 우리 모녀 사이에는 저마저의 말도 없다. 하루 2시간의 산책을, 유일한

자식인 나 힘들지 말라고 꾸역꾸역 꼬박꼬박 하고 계신다는 얘기를, 어린 애의 칭찬받으려는 듯한 심산으로 말씀하신다.

그러했고 저러했던 엄마가, 스스로 당당하지 않아 많은 그늘을 간직했던 엄마가 이제부터 어두움을 걷고 환해지면 좋겠다.

몸의 병, 마음의 우울에서 자유로워지고 엄마 본연의 모습으로 너그럽게 여유롭게 이름처럼 꽃답게 그렇게.

내 역할이 크게 필요하리라.

숨 가쁘게 달려온 팔십 인생 속에서 나는 찾지 못한, 그래서 못내 안타까워서 이제라도 투명하고 환함을 갖기를 바라는 나의 엄마.

그래,

내 역할이 크게 필요하리라.

아장아장, 파릇파릇한 나의 봄

김미정

"엄마 잠시만 나갔다 올게."

어느 겨울날, 자다 깬 어린 나는 인형 눈 붙이기 재료를 받으러 나가는 씩씩한 엄마의 뒷모습을 보았다. 작지도 크지도 않은 적당한 몸에 짧지도 길지도 않은 흔한 파머머리. 화려한 옷, 새 옷이 없어도 우리 엄마는 예뻤다. 아니 엄마를 본 사람들은 매번 '곱다. 진짜 곱다'라고 했다. 지금 생각해 보면 그 '곱다'는 '엄마가 아깝다, 안되었다'는 이야기라는 걸 내 아이를 낳고서야 깨달았다.

세상 고운 우리 엄마는, 없는 살림에 술 좋아하는 남편, 연년생 자식 넷을 돌보며 새벽에는 우유배달, 신문 배달, 저녁에는 인형 눈 붙이기, 종이봉투나 박스 접기 등 안 해 본 일이 없었다.

평생 가족을 위해 자신을 갈아 넣어 헌신했던 엄마에게 반갑지 않은 긴 휴가가 찾아왔다. 어쩌면 누군가가 이렇게라도 엄마를 쉬게 해주고 싶었는지도 모른다. 뇌졸중으로 쓰러진 엄마는 자신보다 더 소중했던 자식들의 이름도 기억하지 못했다. 잊고 싶은 힘든 기억이었을까. 아직도 나는 볕이 환하게 들던 병실의 차가움을 잊지 못한다.

하지만 어떤 상황에도 굴하지 않는 의지의 서 여사답게 작은 기적이 우리 가족을 찾았고 지금은 나의 손을 잡고 아장아장 걸으신다. 내가 문을 잡아도, 화분을 옮겨도, 전화를 드려도 '미정아, 고마워. 사랑해'하고 작은 것을 더 귀하게 보아주는 울 엄마.

"엄마, 사계절 중 언제가 좋아?"

"파릇파릇 새싹이 나오고 새롭게 시작되는 봄이 최고지."

문득 이른 봄의 산책길 대화가 생각났다. 그래서일까. 추운 겨울의 힘든 순간에도 언제나 다시 일어서 딱딱한 나무에서 새싹을 움 틔우는 우리 엄마.

엄마는 언제나 든든한 나의 봄이다.

5.
다 괜찮아

임 미 영

"다 괜찮아."

나의 사소한 모든 물음에 늘 다 괜찮다고 말하던 엄마. 나는 남색 원피스가 어울리는지 초록색 원피스가 어울리는지 그 대답만이라도 엄마에게 듣기 원했다.

'괜찮다'는 한 마디로 자신의 모든 것을 표현하던, 마음의 모양이나 결을 알 수 없었던 존재. 엄마의 '괜찮다'는 말은 나의 모든 생각과 감정을 희석시켜 버리는, 무성의로 느껴졌다. 나는 드러나는 것만 보는 어린아이였고, 엄만 보이지 않는 것까지 말할 수 있는 어른이었는데 말이다.

엄마가 떠나고 딸을 키우며, 이제야 괜찮다는 의미를 좀 알겠다. 많은 말을 하지 않았어도, 표정이 없었어도, 엄마의 그 마음이 읽혀진다. 엄마의 '괜찮다'는 나를 향한 전폭적인 사랑과 포용이었다. 그냥 나라는 존재만으로 모든 게 좋다는 말씀을 '괜찮다' 한 마디로 표현한 것이었다.

내가 엄마에게 오기 전, 엄마는 열 달을 함께하고는 제대로 안아보지도 못한 생명을 하늘나라로 보낸 아픔이 있던 분이다. 그리고 나를 얻으셨으니 내가 얼마나 예쁘셨을까.

괜찮다.

괜찮다.

괜찮다.

엄마의 감정과 인생이 담긴 단어였음을 짐작해 본다.

이젠 그런 엄마에게 모든 것이 다 괜찮다는 말을 내가 하고 싶어진다. 그 말이 얼마나 깊고 진한 애정 표현이었는지를 알게 되었다고 말하고 싶다. 엄마를 다시 만난다면 마주 앉아 괜찮다는 여러 가지 의미를 얘기하고 싶다.

묵묵히 모든 걸 견디던 엄마에게 어린아이처럼 마음껏 자신을 드러내라고 말해주고 싶다.

엄마, 괜찮아. 진짜 괜찮아. 모든 게 괜찮아.

그 가슴을 도려내주고 싶다

김지혜

"너는 도대체 왜 이 모냥이야? 대체 누굴 닮은 거야?" 엄마는 내 방에 들어올 때면 항상 한숨을 내쉬며 이렇게 말했다. 평생을 일하는 엄마로 살았으면서도 몸에 배어있는 부지런함과 깔끔함 덕분에 우리 집은 항상 반짝반짝 윤이 났다. 서울과 부산의 거리만큼 정리정돈과는 친해질 수 없는 나. 엄마의 풀리지 않는 숙제는 항상 나였다.

고생 한번 안 해 봤을 것 같은 흰 피부와 작은 몸집. 화려하진 않지만 고상하고 단아한 아름다움을 지닌 엄마는 소국을 닮았다. 겉모습과는 다르게 하루도 마음 편한 날이 없었던 그녀의 삶. 자식을 위해서라면 뭐든지 다 해주고 싶어 했던, 외유내강이라는 말이 딱 어울리는 울 엄마.

엄마의 집이 내 집인 냥 결혼 후에도 문지방이 닳도록 친정을 드나들었다. 이제 겨우 한 달, 엄마 얼굴을 못 봤을 뿐인데 영상으로 보는 우리 엄마는 많이도 늙어 있다.

"엄마 쓰러졌었어." 말을 듣는 순간 가슴이 쿵, 내려앉았다. "지금은 괜찮아? 병원은 갔었어?" 내가 할 수 있는 말이라곤 이게 전부였다.

"괜찮아." 엄마는 항상 괜찮다고 한다.

엄마라는 단어는 참 아프다. 엄마를 생각하면 흐르는 것이 눈물인가 콧물인가. 썩고 문드러진 아픔들로 가득 찬 그녀의 가슴에는 더 이상 어떤 고통과 슬픔도 뚫고 들어갈 수 없이 마비되어 버렸다. 환자의 아픔을 치료해주는 의사처럼 그 가슴을 도려내주고 싶다. 그러면 새 살이 돋아날까?

엄마가 더 보고 싶다. 엄마를 백 번 불러 보고 싶다.

오늘은 그런 날이다.

이제는 내 마음을 내어드릴 차례

한효원

"너희 때문에 죽지 않고 살았어." 겨우 1년에 한 번 보게 되는 엄마 얼굴에 서로의 인생을 따져 물을 때면 엄마는 말했었다. 진심일까 농담일까. 엄마의 말, 곧이곧대로 듣지 않았다. 그 말속에 무엇이 있을까 원망하고 싶은 마음에 의미를 만들어 냈다. 엄마의 진심 따위는 중요하지 않았다. 엄마가 떠났던 날, 온 세상이 무너졌다.

'나를 버린 당신은 죄인이야.' 내가 기억하고 아는 것만이 다 진실인 양 엄마를 대했다. 마음 편한 미움이 아니었다.

엄마의 모습에 내 아린 세월이 고스란히 담겨 있었다. 10년은 더 나이 들어 보이는 얼굴. 하얗게 새어가는 머리. 마디가 굵어진 손. 외할머니를 닮아가는 주름살. 두 아이의 엄마가 되고 내 삶을 돌아보고 나니 그제야 엄마의 삶도 들여다 볼 수 있는 마음이 생겼다.

　엄마인 당신의 삶부터 인정하자 싶었다. 그제야 한 번도 표현하지 않았던 내 감정들도 쏟아져 나왔다. 사실은 사랑받고 싶었고 항상 함께하고 싶었던 사람이 엄마였다는 것을 인정하니 마음이 편해졌다. 엄마의 감춰왔던 이야기들을 들을 수 있었고 그제야 진심이 보이기 시작했다. 이제는 서로의 생각과 감정을 나눌 수 있게 되었다.

　시각장애 남편과 4명의 자식을 낳고 조현병에 삶이 흔들릴 때도 자식들을 책임지려 고단한 삶을 살았던 엄마의 인생이 애틋하고 아리다.

　엄마의 남은 인생은 삶의 무게에서 가벼워지길, 이제 내 마음을 내어드릴 차례다. 진심을 말하지 못하고 더 사랑하지 못한 지난날들에 후회가 남지 않도록 마음껏 표현하고 싶다.

고마운 사람 미안한 사람

전숙향

"내 손이 내 딸이다!" 엄마가 나에게 해준 최고의 칭찬이었다.

(엄마, 알고 계셨나요? 엄마에게 그 말을 듣기 위해 초등학생이었던 제가 얼마나 애를 썼었는지. 학교가 끝나면 곧장 집으로 와서 밥을 짓고 텃밭에서 따온 고추와 가지로 반찬을 만들고 감자 깎아 된장도 끓였지요. 집 안 청소와 빨래는 물론이고 걸레는 방망이로 '탕탕' 두들겨 빨아야 했고, 집 앞에 있던 빨간 펌프에 매달려 두 양동이에 물까지 길어오면 그때서야 내 할 일이 끝나곤 했었지요. 그래서 나는 동네에서 인정하는 '00네 밥쟁이'였는데, 저는 그 말이 정말 듣기 싫었어요.

온종일 발바닥에 불이 나도록 다니시다 저녁 늦게 집에 돌아온 엄마가 화내지 않고 기뻐하는 모습을 보기 위해 어린 제가 한 일들이었죠.

근데, 엄마! 내가 매일 그렇게 할 수는 없었어요. 그때 난, 친구들과 놀고 싶은 나이였고 집안일도 감당하기에 힘도 들었어요. 그래서 밥도 가끔 태워 먹었고 매 맞고 쫓겨나는 날에는 집 주위를 맴돌다 깜깜한 밤이 되면 친구 집에 가서 잠을 잔 적도 많았었지요.)

우리 엄마는 집에 계신 적이 거의 없었다. 박봉의 공무원이셨던 아버지를 대신하여 억척스럽게 경제활동을 하셨기 때문이다. 학교에서 돌아온 나를 반갑게 맞아주는 엄마의 모습을 늘 그리워했다. 딸만 넷 중 장녀였던 엄마는 이름만 불러도 오금이 저리고 소름 돋게 하셨다는 외할아버지 밑에서 주눅 든 어린 시절을 보내셨다. 열아홉 살에 결혼하여 8년 동안 남편과 떨어져 시부모 밑에서 몸서리치는 시집살이를 했는데, 머슴보다 못한 종살이였다고 치를 떨곤 하셨다.

세월이 흐른 뒤 아버지께서 갑작스레 돌아가시고, 혼자 계실 때도 엄마는 늘 집에 안 계셨다. 활동 파이셨던 엄마를 만나려면 산에 있는 배드민턴장으로 찾아가야 했고, 그곳에 전화해서 안부를 묻기도 했다. 그때는 혼자 사시는 엄마가 씩씩해서 다행스러웠고 활력이 있어 보기에도 좋았다. 허리가 아파서 더는 배드민턴도 수영도 할 수 없게 되자 많이 울적해하셨다. 남아 선호, 남존여비 사상이 뿌리 깊은 엄마는 장녀인 나를 가장 의지하면서도 항상 만만하게 대하셨다. 무슨 일만 생기면 나를 가장 먼저 찾았고 온갖 푸념도 나한테 늘어놓으시곤 하셨다. 나는 엄마의 젊었을 때 모습을 자세히 살펴본 적이 없다. 늘 지치고 힘들어하시며 나에게 화풀이하고 잔소리하던 모습만 기억하고 있었으니까.

오 년 전, 어느 여름날 갑자기 엄마가 119에 실려 가 응급실에 계신다는 연락을 받았다. 불안한 마음을 안고 급히 달려가 오랜만에 들여다본 엄마의 얼굴은 자글자글한 주름으로 가득했다. 그 후, 한 달에 한 번씩 응급실에 실려 가는 일이 생겼고 내 마음은 안타까움과 함께 조급함이 밀려왔다. '이제는 자식들의 보살핌이 정말 필요한 때구나' 하며 자책하고 있는데, 엄마는 마치 남의 일 얘기하듯 "내가 정신을 잃고 길에서 쓰러졌단다." 하며 해맑게 웃고 계시는 것이다. 그 모습을 보며 '더 늦기 전에 엄마 옆에 있어야겠다'는 결심을 하고 친정으로 이사를 했다. 그제야 엄마도 "이제, 난 혼자 못 산다." 하시며 마음을 놓으신듯하셨다.

굴곡진 삶 가운데서도 유독 고통의 순간만 끌어안고 사시던 엄마의 一生을 생각하면 내 마음은 아리다 못해 미어지는 느낌이다. 안타깝게도 평생 동여매고 있던 '恨(한)'의 매듭은 이 세상 그 누구도 대신 풀어줄 수 없는 엄마의 몫이었다. 불쌍한 우리 엄마!

그러나 매일 반복되는 엄마의 넋두리를 들을 때마다 끝이 보이지 않는 깜깜한 굴속에 꼼짝없이 갇혀 있는 것 같아 탈출하고 싶었다. "엄마, 제발 그만 좀 해!" 짜증 섞인 말과 함께 고개를 돌린 적이 한두 번이 아니었다.

나는, 그런 엄마가 하루라도 빨리 훌훌 털어내고 밝고 기쁜 마음으로 사시길 간절히 기도하고 소망했었다. 나의 간절함에도 불구하고 코로나가 기승을 부리던 2020년 봄! 생각지도 못했던 놀라운 상황이 벌어졌다. 엄마가 중환자실에 입원한 지 사흘, 30년 전 황망히 가신 아버지를 만나러 엄마도 결국 떠나셨다.

마지막 순간, 나는 큰 소리로 계속 울부짖었다.

"엄마, 꼭 천국 가야 해!"

"엄마, 꼭 천국 가야 해!"

지금 돌이켜보면 내 인생에 가장 고마운 사람, 엄마다.

가시 같은 말로 어린 나에게 준 상처도 많았지만, 엄마 덕분에 글쓰기를 시작하게 되었고 글을 쓰며 아픔도 회복되고 있다. 얼마 전 꿈속에서 본 엄마의 모습은 젊고도 예뻤다. 이제는 천국에서 환하게 웃고 계실 엄마가 그저 그립기만 하다.

고마운 사람, 그리고 미안한 사람.

9.

틈을 비집고 들어가 밝음을 안겨드릴 수만 있다면

이수아

어머니는 "귀한 거 사줘야 아이들 사기가 올라가지." 하는 말을 자주 하신다. 내가 결혼하고 나서 첫 아이를 낳은 후 얼마 안 되었을 때였다. 어머니가 "너희들 키울 때 일하느라 품 안에서 못 키운 게 그렇게 한이 되더라." 하고 말씀하셨다.

외손자에게 무엇이든 귀한 걸 주려는 어머니의 마음에서, 여전히 그 속엔 우리 삼남매에게 해주지 못한 것들에 대한 아쉬움과 미안함이 느껴져 가슴이 찡하다. 그렇다고 해서 지금 외손자를 잘 챙겨줄 수 있는 상황은 아니다. 내가 어릴 때처럼 지금도 어머니는 바쁘시다. 외손자를 잘 챙겨주지 못하는 그 애 닳음을 '귀한 것을 주어야 한다'는 말로 대신하신다.

어머니는 호랑이를 닮은 듯 여장부이셨는데 흐르는 세월 앞에 장사 없다더니 많이 변하셨다. 지금은 귀엽고 순한 양 같다. 목소리도 전보다 작아지고 말투도 부드러워지셨다. 목청도 크고 호랑이 같았던 예전의 모습이 어쩐지 어머니다운 듯해 애잔하다.

오랜만에 어머니를 마주하게 될 때면 키가 줄어 있고 몸도 말랐다는 게 확연히 보인다. 육십 중반의 나이에 공장일이 어디 쉬운가. 그럼에도 힘닿는 데까지는 일하고 싶으시다는 어머니.

나는 어떠한 딸인가 떠올려 본다. 다 지나고 나서 후회하지 않으려면, 잠시라도 어머니와 함께 할 수 있는 자리를 마련해 보아야겠다. 어머니의 촘촘한 삶의 틈을 비집고 들어가 한 줄기 밝음을 안겨드리는 딸이 되고 싶은 마음이다.

10.

그 마음을 안다

권인선

"아끼다 똥 된다!"

이번에도 어김없이 아끼다 똥 됐다. 냉장고 깊은 곳 직사각 스탠 용기 속 블루베리에 곰팡이가 푸르뎅뎅하다. 이번엔 꼭 나를 위해 먹으리라 다짐하며 예쁘고 큰 녀석들을 골라 담아뒀는데, 그걸 또 깜빡했다. 내 맘이 블루베리 위 곰팡이처럼 시퍼렇게 멍들었다.

엄마는 '아끼다 똥 된다'는 말을 자주 쓴다. 가을에 입힐 아빠의 좋은 양복을 세일 때 사뒀는데 아빠는 환한 철쭉이 만발한 봄에 하늘나라로 가셨다. 입어보지도 못한 옷을 가만히 만지던 엄마의 손길이 눈에 선하다. 갑자기 떠난 아빠 때문일까. 우리 가족은 오늘을 제대로 즐겨야 한다는 사명감으로 산다. 내일을 위해 아껴놓은 것들이 똥 될까 두렵기 때문이다.

170cm의 키, 청바지에 흰 운동화를 신고 아침 9시면 어김없이 수영을 가시는 우리 엄마. 운동해야 하기도 하지만, 점심 한 끼 해결하려는 마음도 크다는 걸 잘 안다. 같이 사는 딸이 엄마 점심 신경 쓰지 않도록 하려는 마음을 안다. TV 소리가 새어 나와 손자들 공부에 방해될까 봐 더워도 방문을 꼭 닫고 계신다. 부스럭거리는 소리에 사위와 딸이 깰까 봐 아침거리를 미리 방에 갖다 두었다 드시는 엄마. 이제는 엄마가 된 딸이 하고 싶은 일 하며, 맛있는 음식 잘 먹고, 예쁜 옷 입고, 자신을 잊지 않기를 바라는 마음을 안다. 그래서 더 감사하고 짠하다. 나는 엄마를 위해서라도 오늘을 더 행복하게 더 잘 살아야 한다.

　내 기억 속 가장 어여쁜 엄마는 보름달처럼 환하게 웃으며 고운 한복을 입고 머리를 올리고 있다. 세상에서 가장 행복한 여인처럼 웃는 모습이 어린 마음에도 참 보기 좋았다. 엄마가 행복하면 나도 행복할 거라 생각했을까? 엄마를 떠올릴 때면 그 모습이 그려진다.

　늘 환한 보름달처럼 웃으면 좋겠지만, 6년 전 혈액암을 겪고 나서 많이 달라진 엄마. 꼬장꼬장한 성격처럼 꼿꼿했던 걸음걸이가 뒤뚱뒤뚱해지고 말았다. 항암 약의 부작용으로 모래 위를 걷는 기분이라 하셨다. 발바닥 아래가 매끈하지 않으니 걷는 자세가 부자연스러워지고 무릎도 안 좋아졌다.

　'파킨슨병도 아니고 알코올중독도 아닌데 왜 손을 바들바들 떨게 되었을까?' 투덜대는 나에게 나이 들어 그런 거라 말씀하시지만, 조금씩 떨리는 손을 볼 때마다 우리가 함께할 시간이 줄어드는 것 같아서 코끝이 찡해질 때가 많다.

하지만 나는 안다. 어쩔 수 없이 달라지고 약해진 모습 안의 정신은 여전히 곧고 바르다는 것을. 언제까지 건강한 모습일지는 신만이 아시겠지만, 아끼다 똥 되기 전에 매일 사랑과 존경을 표현해야겠다. 내일 어떤 일이 생길지 모르는 인생, 여한 없고 후회 없고 미련 없도록 감사함 속에 행복을 선택할 것이다.

엄마!
깜깜한 산길을 비추는 보름달처럼 내 인생의 나날을 밝혀주셔서 감사합니다. 화수분처럼 흘러넘친 엄마의 사랑 덕분에 행복한 인생을 살 수 있었어요!
하해와 같은 그 사랑 갚을 길은, 나도 내 아이들에게 엄마 같은 엄마가 되어주는 거겠죠? 그 사랑 잊지 않고 나눠줄게요. 인선이가 좋은 엄마가 될 수 있길 오늘도 기도합니다. 저의 기도와 성장을 지켜

보며 토닥거려 주며, 오래도록 곁에 계셔주세요.

바라본다 감싸본다 알고 싶다

황선희

"선희야, 엄마가 미안해. 나중에 크면 어른들의 세계를 이해할 수 있을 거야." 내 나이 10살 때 들은 엄마의 마지막 말이었다. 세 아이를 낳고 그 때의 엄마 나이가 된 나는, 지금도 엄마를 이해할 수 없다. 무엇이 그토록 엄마를 힘들게 했던 것일까?

엄마라는 단어를 들으면 가슴이 가시에 찔린 것처럼 따갑고 아프다. 사랑의 감정보다 나를 아프게 했던 지난날의 감정들이 올라와 회피하고 싶은 단어, 엄마.

내 기억 속의 엄마는 연예인처럼 화려하고 예뻤다. 큰 키에 서구적인 외모, 무엇이든 뚝딱뚝딱 잘 만들었고 특히 음식솜씨가 좋았다. 그런 엄마와 같이 살았다면 얼마나 좋았을까? 내가 사내아이로 태어났다면 아빠와 엄마가 헤어지지 않았을 거란 생각도 해 본다. 아빠가 바라고 바라던 사내아이를 엄마는 낳지 못했다.

아직도 기억 속에서만 존재하는 엄마는 성인이 된 이후 한 번도 만나 보지 못했다. 가끔 야속한 생각도 든다. 세월이 이렇게 흘렀는데…. 70세가 넘은 엄마의 모습은 어떻게 변해 있을까? 길에서 우연히 만난다면 알아 볼 수 있을까? 제발 초라하고 약한 모습이 아니길 바라본다.

과거는 어차피 지나간 일이고 바꿀 수 없기에 엄마가 환한 모습으로 살길 바라는 딸의 마음은 세월이 가져다 준 선물인 것 같다. 마음껏 사랑할 수도 마음껏 미워할 수도 없는 존재인 엄마를 그리움으로 감싸 본다. 이제는 안다. 너무 오랫동안 느끼지 못한 존재여서 나에게 엄마란 알고 싶어지는 분이였다는 걸. 알고 싶다, 내 엄마를.

그 여섯 글자는

권세연

30년 전,

"세연아, 가서 두부 한 모만 사다줘."

"엄마, 이거 텔레비전 잠깐만 보고 사올게."

"으이쿠, 내가 가서 사올게." 찌개를 끓이다 물에 젖은 손을 옷에 슥슥 비비고 슈퍼에 두부를 사러가려는 엄마,

"아냐, 엄마. 내가 갈게." 현관에서 엄마 손 잡고 실랑이하는 나.

현재,

"너희가 먹은 그릇만 싱크대로 가져다 줘."

"엄마, 이거 텔레비전 잠깐만 보고 치울게."

텔레비전만 보는 날 닮은 딸 둘. 설거지를 하다 물에 젖은 손을 옷에 슥슥 비비고 그릇을 가지러 식탁에 가는 나.

'너도 꼭 너 같은 딸 낳아.' 30년 전 엄마가 해 준 예언이 적중해서 고생 중이다.

탕탕탕. 탕탕탕. 탕탕탕.

"세연아, 일어나."

탕탕탕. 탕탕탕.

"일어나!"

탕탕탕.

"권세연!!"

25년 전, 매일 새벽 6시, 우리 집 주방에는 어지간한 난타공연소리 저리가라는 소리가 울려 퍼졌다. 시간이 흐를수록 도마에 칼이 부딪히는 소리보다 내 이름이 점점 더 크게 불린다.

"엄마! 일어났다구!" 외쳐야만 꺼지는 음성인식 알람시계, 잠이 없는 줄 알았던 우리 엄마다.

치이이.

휘이뷔익.

<u>드르륵드르륵.</u>

한 달 전, 엄마가 우리 집으로 놀러오셨다. 아침 8시, 계란 후라이가 익어가고, 믹서기에서 생과일 주스가 요란하게 갈려나가도 엄마가 잠든 방에선 인기척조차 없다. 혹시나 해서 문을 열었는데 여전히 새근새근 주무시고 계시는, 우리 엄마.

스르륵. 조용히 문을 닫았다. 일어나고 싶을 때 일어날 수 있는 작은 행복을 엄마가 마음껏 누릴 수 있기를 바라며.

우리 엄마, 김영옥 여사 인생에 '삶에서 이루고자 하는 뜻'이라는 것을 생각해볼 만한 마음의 여유가 있었을까? 당장 먹고 사는 게 해결이 안 되고 있는데 '뜻'이 웬 말이냐.

27년 전, 김영옥 여사는 38살이었다. 현재 내 나이보다 2살이나 어리다. 어느 날 갑자기 사고로 남편은 수년간 병원에 있게 되었고 15살, 14살, 12살 3남매는 엄마만 바라보고 있었다. 그 때는 엄마가 너무 단단해 보여서 어른이면 이 정도 고통과 시련은 담담하게 이겨낼 수 있는 일이라고 생각했던 것 같다. 그저 부모님의 사랑을 온전히 받지 못하는 내가 안쓰러울 뿐이었다. 어른이라고 생각했던 엄마 나이를 내가 지나 보니, 숨을 쉬는 것보다 숨을 멈추는 것이 더 쉽게 느껴졌을 것 같다. 그 당시 엄마는 아주 가끔, 엄마 나이 20살에 돌아가신 외할머니가 보고 싶다는 말을 하곤 했다. '엄마의 엄마니까 보고 싶은 거겠지'라고 생각했었는데, '엄.마.보.고.싶.다' 여섯 글자는 그녀가 온 마음으로 아픔을 표현한 것이었다.

마음이 아려온다.

앞으로 다가올 우리 엄마의 미래는 맑았으면 좋겠다. 무언가를 결정할 때 탁함 없이, 거리낌 없이, 오롯이 엄마가 원하는 것이 무엇인지 선명하게 엄마 마음에 닿기를 바란다.

30년 전, 물기 묻은 엄마의 손길과 사랑을 늘 기억하며 엄마의 엄마를 그리워하는 이야기에 내 진심을 더 보태어 엄마의 마음이 더 선명해질 수 있도록 도와주는 딸이 되어야겠다.

13.

투명한 유리구슬처럼 웃어요

이지영

"신부님, 웃으세요! 미소, 치아!" 웨딩사진 찍던 날, 사진사는 끊임없이 미소와 치아를 외쳐댔다.

"신부님, 좀 더 자연스럽게 웃어보세요." 내 입술은 사진사의 주문에 부응하느라 경련이 났고, 웃음고문이 따로 없었다. 우아한 드레스와 화려한 메이크업으로 한껏 치장한 외모와 다르게, 꾸며낸 내 미소는 나에게도 남들 보기에도 어색하기만 했다.

"너는 웃는 모습이 예뻐." 엄마는 나에게 늘 그렇게 말했다. 치켜 올라간 내 눈매가 날카로워 보이니 사람들 앞에서는 항상 웃어야 한다고 입버릇처럼 이야기했다. 멀리서 엄마가 손가락으로 입가에 스마일을 그리면 나는 반사적으로 미소를 지어냈다. 꾸며낸 웃음은 피곤했다. 억지로 웃을 때면 가슴이 꽉 막혔다. 웃음가면을 뒤집어쓴 내 속의 진짜 감정이

헷갈렸다. 과장된 웃음으로 밝게 하루를 시작했지만, 진이 빠져 골방에서 혼자 울며 잠들기도 부지기수였다.

나는 엄마가 웃지 않는 나도 받아들여주었으면 했다. 웃을 수 없는 이유를 물어봐주기를 바랐다. 다른 사람 앞에서 꾸며내지 않은 모습으로 나를 표현해도 괜찮다는 것을 몰랐다. 아마도 엄마도 몰랐을 것이다. 날카로운 가시가 뻗쳐도 포근히 안아주는 엄마의 엄마가 없었으니까.

엄마에게 격렬히 받아들여지고 싶어 예쁘게 입 꼬리를 올리던 어린아이가 이제 마흔이 넘었다. 아직은 엄마를 보며 짓는 미소가 부자연스럽다. 그래도 언젠가는 속까지 환히 비치는 투명한 유리알처럼, 담담하게 맑은 웃음을 짓고서 서로를 도닥여줄 수 있었으면 좋겠다.

빛나는 일상들이 알알이 박혀

김수지

"밖에 음식이 얼마나 안 좋은데, 집밥 먹어." 귀에 딱지가 앉도록 들어온 엄마의 말. 나도 아이가 생겨보니, 그건 엄마 나름의 애정과 염려의 표현이란 걸 이해하게 된다. 엄마는 늘 맛있는 제철 음식을 보면 가격에 상관없이 사오시곤 했다. 딸에게 좋은 걸 먹이고 싶은 그 마음을 알면서도, 난 음식에 많은 돈과 시간을 쓰는 엄마가 늘 못마땅했다. 감사의 말보다 "돈 아깝게 이 비싼 걸 왜 사왔어?" 퉁명스러움이 앞섰다.

음식뿐만이 아니었다. 자신의 피곤함보다는 나와 가족의 안위를 먼저 생각하며 한 세월을 살아오셨다. 그 마음이 지금은 사위와 손녀에게까지 고스란히 이어진다.

내 어릴 적에 엄마는 친구들이 부러워할 정도로 옷도 잘 입으시고 진한 립스틱도 멋지게 어울리셨다. 이젠 희끗희끗해진 머리카락도 거리낌

없이 들어내는 할머니가 되었다. 화장기 없이 그을린 얼굴은 천진한 어린 아이 같아 보이기도 한다.

그 얼굴이 가끔은 가슴을 아리게 한다. 오남매 중 가장 아끼던 자식이 엄마라고 하셨던 외할머니 말이 기억난다. 엄마의 하얀 얼굴과 살랑살랑 흔들리는 머리카락이 너무 예뻐서 깨끗이 씻긴 후에 괜히 시장에 데리고 가곤 했다는 할머니. 아장아장 시장을 누비며 예쁨을 가득 받았을 엄마가 어느새 할머니가 되어 하얀 얼굴의 손주를 돌봐주신다.

외모에서 풍겨지는 찬란함을 대신해서 이젠 엄마의 남은 삶이 행복으로 빛나길 바란다. 소소하지만 빛나는 일상들이 알알이 박혀 엄마라는 하늘에 아름다운 수를 놓아 주기를, 기미와 주근깨 가득 그을린 얼굴이 생기로 가득차기를 소망한다.

지니에게 말해 봐

유선아

"딸이 있어서 엄마는 너무 좋다. 고맙고 사랑한다." 요즘 엄마에게 가장 많이 듣는 말이다. 어릴 적부터 이렇게 애틋한 표현을 하고 살지는 않았다. 밖에서는 잘 웃고 성격 좋은 나였지만, 엄마에게만은 짜증을 여과 없이 드러냈다.

"엄마처럼 안살 거야!" 하며, 가슴에 비수를 꽂는 말도 내뱉는 딸이었다.

이제는 모녀 사이를 떠나서 여자의 일생이라는 공통분모를 가지고 남편이 아닌 엄마에게 더 많은 이해와 도움을 받고 있다. 세 아이의 엄마가 되었는데도 말이다. 늘 부족함을 채워주시려고 하는 우리 엄마! 나도 딸로서 당연한 것들을 해드리지만 그것을 당연하게 생각 안하시고, "고맙다. 사랑한다." 항상 표현하신다. '너도 딸이 있어서 좋을 거다'라며, 딸인 나의 존재를 귀하게 여겨주신다. 엄마와 나의 삶을 동지처럼 표현했지만, 엄마가 자식을 생각하는 그 깊이를 나는 따라가지 못한다. 여태 빙돌려 스치듯 흘리듯 했던 말을 제대로 하고 싶다.

엄마, 고맙습니다.
엄마, 사랑합니다.

얼마 전 76세 생신이셨던 엄마는 온 가족 생일상을 항상 명절처럼 차려주셨다. 물론, 엄마 자신의 생일도 그렇게 차리신다. 걷는 것이 예전만큼 자유롭지 못하시고 뒤뚱거리는 걸음과 느릿한 행동들이 눈에 띈다.

누구에게 일을 시키기보다 스스로 후딱 해치우실 만큼 말보다 행동을 먼저 보이셨는데, 지금은 "에이, 귀찮다.", "힘들어서 못하겠다"라는 말이 앞선다. 마음처럼 몸이 따라주질 않으니 답답한 마음에 짜증과 하소연이 늘어가는 것 같다.

아직 결혼 전인 두 동생과 함께 지내시는 엄마는 예전의 기개가 많이 사라지셨다. 다 큰 아들들 뒤치다꺼리도 불만족이고 눈치 아닌 눈치를 보시는 듯, 매일같이 나에게 전화하신다. 여유가 있어서 통화가 길어지면 에너지가 다 빠질 정도로 하소연이 끊임없이 나온다. 엄마를 이해하는 마음으로 맞장구를 치기도 하지만, 용건만 간단히 하는 통화가 딱 좋을 때가 있다. 바쁜 척 하기도 한다. 엄마를 온전히 만나주지 못하는 빈곤한 나의 마음상태가 아쉽다.

엄마의 인생은 갑갑하다는 감정과 닮아있다. 엄마에게 많이 들었던 말 중에는 엄마가 원하는 곳으로 시집을 가지 못했다는 이야기가 있다. 경제적으로 여유가 안될 때 반복되는 레퍼토리이다.

얼굴이 조금 곰보였어도 부잣집 아들에게 시집을 보내주지, 비슷한 처지의 아빠와 결혼시키셨다고 외할머니를 원망하는 소리를 하셨다. 인생의 선택을 스스로 하지 못해서 생겨난 답답한 마음 이야기를 나에게는 풀어 놓으셨다.

이제, 엄마의 여생이 밝고 황홀했으면 좋겠다. 과거의 넋두리로 사는 인생이 아니라 매일 매일을 만족으로 기쁨의 정점을 찍으시길 바란다.

어려운 환경에서도 늘 최선의 것과 최고를 선택해서 주시려던 엄마! 앞으로는 엄마 하고 싶은 거 다 하시도록 알라딘 램프의 지니를 선물로 드리고 싶다.

엄마, 원하는 거 다 말해 봐!
지니가 들어 줄 거야,
내 마음은 지니.

아리고 어여쁜 장군님

이정숙

우리 엄마의 인생은 '아리다'는 단어와 닮았다. 구십 평생, 한글을 모르고 사셨다. 글자 모른다고 무시당하고 아들 못 낳았다고 무시당하는 삶이었다. 그 뒤, 3남 4녀를 낳았다.

그래서 엄마는 삼시 세 끼 먹어야 하는 끼니만큼이나 자주 아팠다. 국민 학교(지금의 초등학교) 시절, 하교 후 집으로 돌아오면 엄마는 언제나 방에 누워 계셨다. 어린 마음에 엄마가 들에 나가지 않고 집에 계시니 좋기도 했지만, 일하고 계실 때가 마음이 더 평화로웠다. 나의 유년 시절은 자주 아파하시던 아린 엄마를 닮아 있었다.

"사람에게 포원 졌다." 엄마의 한숨 섞인 말을 한 번씩 들었다. '좋아할수록 기대가 크고 바람이 많아 서운한 것이 쌓이기 마련이다'는 뜻이다.

엄마의 삶이 고스란히 녹아 있는 말씀이다.

밭에서 일하시다 멍하니 하늘을 보며 중얼거리신 후 슬픈 가락의 노래도 불렀다. 엄마의 일생동안 함께했던 한숨과 노래만큼 눈물이 흐르는 아침이다.

엄마 엄마,
그때의 당신 나이보다 더 많은 세월을 살다 보니
그 말, 그 눈빛, 그 목소리가 더욱 이해가 됩니다.
하늘나라에 가신 당신을 존경합니다.
사람에게 포원 졌던 엄마의 무너진 마음을,
막내딸 정숙이가 원을 이루어 살아가고 있습니다.
가정과 사회에서 존중받으며 사람들을 존중하는 삶을
앞으로도 잘 지켜 내겠습니다.
엄마, 보고 싶습니다.
사랑합니다.

엄마의 모습을 생각하면 또 가슴이 저미어 온다. 일자로 서지 못해 기역자 모양의 몸으로 작대기 하나에 의지하여 총총히 가시던 뒷모습이 아직도 선한다. 하늘나라에서는 당당히 허리 펴고 잘 걸어 다니실 거라고 생각하니 위로가 되었다.

엄마는, 7남매 배고프지 않게 잘 먹이고 잘 키우고자 한 소망을 당당히 이루어 내셨다. 7남매 모두가 배우자를 만나 연을 맺게 하는 혼인식을 당당하게 잘 해 내셨다. 빚지지 않고 알뜰히 절약하는 생활로 꿋꿋하게 살아내신 우리 엄마는 어여쁜 장군님이셨다.

나도 우리 엄마를 닮았나 보다. 아들, 딸의 아름다운 삶을 위해서 인생의 모양으로 본이 되고자 장군처럼 열심히 살고 있다.

나의 아들, 딸이 훌륭한 배우자가 되고 사회에서 많은 사람들에게 좋은 영향력을 끼치는 멋진 장군이기를 기도한다.

고슴도치와 새끼 강아지

백미정

"니 같은 딸 낳아 키워 봐야 엄마 마음을 알지." 20년 전까지 간간이 나에게 내뱉던 사막 같은 엄마의 말. '나 같은 딸'이란 무엇을 의미했던 걸까.

안마해 달라는 엄마의 부탁에 '씨'를 연발하며
인상을 찌푸렸던 열 살 무렵의 딸.
아빠와 이혼 후 생활비를 빌리러 왔던 엄마에게
"창피하니까, 가!"라고 지껄였던 스물두 살의 딸.
인생 하소연하는 엄마에게
"그랬겠네." 한 마디로 뭉뚱그려 버리는 지금의 딸.

160이 안 되는 키, 누런 이, 기근과 가뭄의 땅을 닮은 손등을 지고 있는 몸뚱어리는 예나 지금이나 나를 그리워하고 있다. 그냥 전화해 봤다는 말로 마무리되는 하루 1분 통화가 그것을 증명한다.

예전엔 가시가 뾰족뾰족한 고슴도치를 닮았었는데, 이젠 조그마한 강아지마냥 가느다랗게 떨리는 목소리가 감지된다. 고슴도치와 새끼 강아지. 어떤 게 더 나은 걸까.

엄마의 인생은 '쑤시는 감정'과 닮았다. 흐트러지고 뒤집어지고 사람들이 자꾸 가슴을 파냈다. 엄마가 환해지면 좋겠다. 그 환함과 함께 고슴도치도 되었다가 새끼 강아지도 되었음 좋겠다.

뻐근한 인생 가운데 환함을 선물해 주고픈 사람,
내 엄마.

글의 힘을 가져와

김태은

　건강하지 않아 약에 취해 주무시는 모습을 많이 보여준 엄마. '난 아이가 있다면 아픈 모습 많이 안보여야지'라고 생각하고 열심히 살았다. 나와 동생을 낳고 산후조리를 못해 아파하시는 엄마 모습을 보는 가족들은 힘들어했고, 아빠는 술에 취해 화를 내셨다.

　"어떻게 일하는 사람에게 찬밥을 먹게 하나?" 엄마는 잠이 덜 깬 상태에서 아빠에게 따뜻한 밥상을 차렸다.

　"너도 아이 낳아서 키워봐. 살림하는 게 얼마나 힘든지 알게 될 거야."라고 말씀하시던 엄마의 흐릿한 눈빛을 기억한다. 엄마는 아픔을 참고 견디셨다. 나 역시 의식을 잃고, 기억을 잃었다. 엄마는 자신 건강에 대한 불안을, 딸인 나를 과잉보호하는 것으로 위안 삼으셨다. 나도 엄마를 닮아 그런지 사춘기가 된 열두 살 딸을 보며 노심초사한다. 어긋날까 두렵

고 두 아들이 딸의 행동을 따라할까 겁이 났다. 그래서 더욱 엄하게 가르
쳤다.

마흔 살 넘게 살아보니 엄마의 마음을 조금이지만 알 것 같다.

힘들다 불평하는 내게 엄마는 따뜻한 위로 대신 "너보단 내가 훨씬 더
힘들었어."라며 푸념을 하셨지만 딸인 내가 잘 살았으면 하는 마음이었다
는 것을 느꼈다.

술기운을 빌어 인생의 험난함을 탓하던 아빠의 모습이, 엄마는 두렵고
가슴 아팠을 것 같다. 세월을 이기지 못해 아픈 곳도 많아진 엄마이지만,
뇌경색 후유증으로 우울증이 심해진 아빠도 보살펴야 하니 마음 편할 날
이 없으시다. 의지할 데 없이 지내는 엄마의 모습을 지켜보는 나도 마음
이 편하지 않다.

그래서 글의 힘을 가져와 엄마를 향한 내 진심을 토설해 보는 것이다.
엄마의 아픔에 조금이나마 고개를 끄덕여주는 공감, 많이 힘드셨을 거라
는 위로, 엄마 곁에서 그늘이 되어 주겠노라는 다짐, 엄마의 세월을 인정
하는 감사의 말들 말이다.

엄마, 미안했고, 감사합니다.

그리고 사랑해요.

19.
뭐든 다 드릴게요

홍미진

"화투는 기 싸움이야. 처음부터 확! 몰아붙이면 다음부터는 사람들이 무서워서 벌벌 떨거든."

가진 게 없어도 떳떳하면 세상 무서울 것 없다던 엄마를 보면 어떨 땐 부럽기도 하고, 어떨 땐 철없게 느껴질 때도 있다. 세상일이 몰아붙인다고 다 잘될 수만은 없으니 말이다.

간혹 엄마는, 가족 누구든 나서서 수습해야 하는 일을 만들 때가 있었다. 나는 걱정스러운 마음에 이렇게 말씀드리곤 했다.

"제발 일 만들지 마시고, 편안히 좀 사셔. 편안히."

"아이고, 니가 어떻게 내 살아온 날들을 알겠냐. 에효, 모르지. 아무도 몰라." 엄마는 내 말에 서운해 하며 고개를 내저으셨다. 부잣집 막내아들로 남에게 한없이 베풀기를 좋아하셨던 아빠를 만나 2남 4녀를 낳고 키우셨던 엄마의 노고를 나는 상상할 수 없다.

젊은 시절 165cm 키에 날씬했던 엄마는 이제 허리가 구부정해져서 161cm인 나보다 더 작다. 자식 여섯을 낳은 배는 힘없이 처져 있다. 엄마 등의 검은 콩알 만 한 사마귀는 어느새 절반으로 줄어들었고, 그릇을 들어 올리는 손은 덜덜 떨리신다. 몇 발자국만 걸어도 숨을 헐떡이며 힘들어하신다. 이젠 태울 아기도 없는 빈 유모차를 지팡이 삼아 의지하며 밀고 다니신다.

엄마는 세월 따라 참 많이 변하셨다. 하지만 변하지 않는 것이 있다. 물컹물컹 한없이 보드라운 젖, 반들반들 반짝반짝 빛나는 피부, 환하게 웃음 짓는 천진난만한 미소, 약한 사람을 돕고 못된 사람을 혼내주려는 마음, 드시고 싶은 건 뭐든 뚝딱해서 드시고, 자식한테 해주고 싶은 건 아무리 힘들어도 해주신다.

막내인 나는 결혼을 늦게 해서 연세 많은 부모님의 손과 발 역할을 도맡아 했고 지금까지도 이어지고 있다. 부모님도 아이들을 돌봐주시며 내가 직장 생활을 마음 놓고 할 수 있도록 도와주고 계신다.

86세 연세에도 아프신 아빠를 지극정성으로 돌보시고, 직장 다니는 딸이 제대로 못 챙겨 먹고 애들도 못 챙긴다고 바리바리 음식을 싸다 주시는 우리 엄마. '엄마가 없으면 아빠는? 아이들은? 나는?' 어떨까 싶다.

세상과 만남엔 끝이 있기에 이별을 생각할 때마다 엄마께 더 잘해 드리고 싶고, 또 더 잘해 드려야 한다는 다짐을 한다. 드시고 싶은 것 다 사드리고, 가고 싶어 하는 곳도 다 모시고 가고 싶고, 하고 싶은 것도 다 하실 수 있게 했으면 좋겠다.

"어디야?", "언제 와?", "고기 먹으러 가자.", "바닷가 가고 싶다.", "너 없는 세상은 텅 빈 거 같이 허전해." 내 귓전에 울리는 엄마의 목소리다.

엄마의 등으로 살다

김연희

엄마 등에 업힌 아이. 누구에게나 익숙한 어린 시절의 모습이다. K-pop을 선두로 이제는 한국을 의미하는 'K'를 사용하는 게 보편화되었다. 그리고 해외에서 인기 있는 한국 물건도 K-상품이라고 부른다. 그런 K-상품 중에는 '포대기'도 있다는 방송을 보며 엄마가 어린 자식을 업는건 세계 공통이란 걸 다시금 깨달은 적이 있다. 나도 역시 엄마의 등에 업혀 자랐다. 그것도 남보다 훨씬 많이.

내가 목발을 언제부터 사용하기 시작했는지 문득 궁금해진 때가 있었다. 분명 초등학생 때는 목발을 짚었던 게 기억나지만 언제부터인지는 생각이 나지 않았다. 엄마에게 물었다. "엄마, 나는 언제부터 목발 짚었어?", "학교 갈 때부터 썼지.", "그럼, 그 전에는?", "내가 늘 업고 다녔지."

아, 그랬구나. 초등학교 들어가기 전까지는 늘 엄마의 등에 업혀서 지내온 거였구나. 생각보다 더 많이 엄마 등딱지였구나. 물론 초등학교 입학한 후로도 엄마는 나를 자주 업었다. 내가 엄마에게 업힐 수 없을 정도로 클 때까지.

이렇듯 내 일생에는 무수한 엄마의 등이 있다. 그 중에서도 특별한 기억으로 남은 엄마의 등이 있다. 내 기억에는 특히 바람이 거셌던 태풍이었다. 어디를 가려고 했는지 모르지만 엄마와 나는 함께 집을 나섰다. 어딘가 목적이 있었으니 그 태풍에도 길을 나섰을 것이다. 그렇지만 휘몰아치는 바람에 나는 한 발자국도 움직일 수 없었다. 그저 바람에 맞서 간신히 서있을 뿐이었다.

나는 어릴 적 소아마비를 앓았다. 그래서 두 다리 모두 제대로 쓸 수 없지만 오른쪽은 정도가 더 심하다. 감각은 살아있지만 그 외에 해야 하는 기능은 상실한 내 오른쪽 다리는 바람 앞에 지탱할 수가 없었다. 바람 앞에 펄럭이는 깃발처럼 말이다. 그렇게 내 뜻과는 상관없이 이리저리 흔들리는 다리 때문에 걷기는커녕 나는 균형 잡기도 힘들었다. 그때 엄마가 다가와 나를 등지고 섰다.

"내 뒤에 바짝 붙어서 따라와." 엄마는 당신의 온몸으로 그 바람을 막아섰다. 그렇게 온몸으로 대신 바람을 맞아준 덕에 나는 엄마 등에 바짝 붙어서 간신히 걸음을 뗄 수 있었다.

엄마가 불어오는 바람을 내 앞에서 막아선 건 그때만이 아니었다. 내 앞에서 엄마가 태풍의 강한 바람을 막아주고 앞으로 걸어갈 수 있게 해준 것처럼 세상이 내게 불어대는 숱한 거친 바람을 막아 내가 삶을 살아내는 걸 지탱해주었다. 그래서 나는 지금 여기에 있다.

엄마의 등을 보면 나는 가슴이 시리다.

2장. 고마움

: '태아의 나'에게

미래 일기 쓰기, 유서 쓰기,
버킷리스트 작성, 선언문 작성 등은
한 번 즈음 해 보셨을 겁니다.
그럼,
'태아의 나'에게 편지 쓰기는요?
존재 자체로 고마운 나를 느끼기 위해
선택한 방법인데요,
'존재'는 '현실에 실제로 있다'는 뜻입니다.
현실에 실제로 있는 나를 깨달을 수 있으려면
생명체의 처음, 태아였던 나를 먼저 관찰해 보는 것이
좋겠다고 생각했어요.
태아는
무엇을 이루었기 때문에,
다른 사람을 도와주었기 때문에,
변화와 성장을 했기 때문에
존재라 칭함 받지 않는,
그냥 '있는 것' 만으로도 충분하지요.

존재에게 고마워하는,
태아의 나에게 고마워하는 편지 쓰기.
어떠세요?
그리고
지금의 나에게도 고마워하는
우리가 되면 좋겠습니다.

너는 항상 그러할 거야

이고은

안녕. 나는 고은이라고 해. 나에겐 길을 잃을 때마다 찾게 되는 나만의 위성이 있어. 그 위성 속에 작은 태아가 자리 잡고 있는데, 그게 바로 너란다. 너는 지금 이 세상에서 나를 가장 사랑하는 사람의 배 속에 있어. 그녀와 탯줄로 연결된 채 무럭무럭 자라고 있지.

아직은 작은 점 하나에 불과한 너지만 곧 사람의 형태를 갖추게 될 거란다. 지금 뛰고 있는 심장으로는 사랑, 슬픔, 우울, 고마움 등의 감정을 느끼게 해줄 것이고 곧 생기게 될 너의 두 팔은 사랑하는 사람을 안아주는 힘을 갖게 될 거야. 열 개의 손가락으로는 너의 꿈인 작가가 되기 위해 키보드를 두드리며 글을 쓰기도 한단다. 30년 후쯤 두 다리로는 사랑하는 남자의 손을 잡고 여러 하객 앞에서 결혼이란 걸 하게 돼.

두 눈은 좋은 것만 보고 코로는 좋은 향기만 맡고 입으로는 좋은 말만 하면 좋으련만, 네가 살아야 할 세상은 그렇게 아름답지만은 않단다. 감당할 수 없는 사건들이 너에게 찾아올 때도 있어. 삶을 포기하고 싶은 순간도 올 테지만, 인생을 살아가다 보면 누구나 위기의 순간은 있단다. 그래도 걱정하지 마. 너를 뱃속에 품고 있던 그녀가 너만의 위성이 되어 방황하고 지칠 때마다 옆에서 길을 안내해줄 거야. 넌 그녀를 믿고 다시 일어서면 돼.

살아가다 보면 수많은 선택의 갈림길에 서게 되는데, 너의 선택에 의문이 생길 땐 이 말을 꼭 기억하렴. 너는 항상 오늘보다 더 행복한 내일을 선택하며 살아간단다.
고마워. 세상을 행복하게 살아가게 해줘서.
고마워. 너가 나라서.

콩알처럼 작지만 살아 숨 쉬고 있는 너에게
오늘보다 내일 더 행복한 삶을 살고 있는 현실의 고은이가

2장. 고마움 : '태아의 나'에게

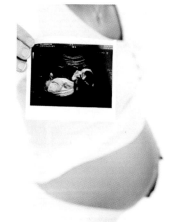

반짝이고 있구나 사랑이구나

위혜정

"혜정아, 너는 누구니?"

누구나의 출발점인 태아 사진, 모두 비슷해 보이지만 새까만 허공을 비집고 움트는 하얀 생명력은 유사품 없는 인생을 펼쳐간단다. 그래서 경이롭지. 두 번의 유산을 직접 겪은 후 마주한 네 초음파 사진은 한없는 고마움이었어. 힘없이 흘러내리지 않고 철썩 붙어 있느라, 심장 박동을 지속하느라 힘들지는 않았니? 너를 보며 감격스러움도 함께 밀려온단다. 산꼭대기를 향한 마지막 발걸음을 떼어낸 직후, 대자연이 무한히 뿜어내는 신선함을 들이키며 장관을 품은 찬란함, 그리고 그것의 일부가 된 충만함에 숨이 멎을 듯해. 맹렬한 환희라고나 할까.

혜정아, 그 작은 흰 점이 그려낸 너의 인생 지도에는 아이들을 좋아하는 마음이 그려졌단다. 개성 찬란한 학생들을 만나며, 매년 동일 연령대의 아이들과 함께 너의 세월도 멈춰버린 듯한 착각의 복락을 누리고 있어.

예쁜 가정을 꾸리고, 무한히 너를 찾아대는 남편과 아들도 옆에 있단다. 너는 늘 일상의 여기저기에 깔린 감사를 선물처럼 발견하며 살아가지. 거저 받지 않고 성실의 발자국 옆에 놓인 보석들을 줍는 인생, 멋있지 않니?

물론 한 움큼 슬픔을 삼켜야 할 때도 있어. 특별한 사랑을 부어 주셨던 아버지가 치매의 희생타가 되어 가슴 미어지는 생의 골짜기를 걸어가기도 해. 하지만 휘몰아치는 정신적 소요 뒤로 너는 더 단단해진단다.

수많은 사건, 역할, 소유는 그저 훑고 지나가는 삶의 일부일 뿐이야. 너는, 너라서 바로 너인 거야. 수많은 '지금'의 금가루가 뿌려져서 너의 존재가 반짝거리게 될 거야. 곡진하게 살아낼 네 인생을 응원한다. 네 존재 자체를 흠향하며 살아가렴. 넌 내 사랑의 시작이자 끝이거든.

사랑한다.

"보시기에 심히 좋았더라."
사랑에 겨워하는 신의 눈으로 너를 바라보며
지금의 혜정이가 태아의 혜정이에게

머리가 하늘에 닿을 것 같아

김수지

수지야! 너를 생각하니 참 귀하고 소중하다는 생각이 들어. 엄마 배 속에서 10개월 간 아낌없는 사랑을 받으며 참 따뜻했지? 네가 만나게 될 세상에 대한 기대감과 함께 말이야. 그토록 작은 네가 이 세상에 나오기 위한 준비를 얼마나 열심히 했을까? 잘 자라줘서 기특하고, 고마워.

수지야. 너는 꿈을 가슴 속에 품으며, 너만의 길을 찾기 위해 열심히 살아가는 사람이 될 거야. 사랑하는 가족들과 힘을 합치고, 여러 사람들에게 도움을 받으며 결국에는 소명을 찾고 성장하는 삶을 살게 되겠지.

하나님의 사랑을 아는 너는 신의 자비로움 속에서 평안하게 살아갈 거야. 주어진 것에 감사하는 마음은 그 무엇보다도 값진 선물이 되어 네 삶을 더 풍요롭게 해줄 거란다.

물론 살아가다 보면 하기 싫은 일을 해야 할 때도 있고, 두려움에 휩싸여 한 발짝도 나가기 어려울 때도 있을 거야.

하지만 작고 소중한 수지야. 두려움을 헤쳐 나가는 경험이 어쩌면 너에게 가장 즐거운 모험이 될지도 몰라! 삶의 흐름을 믿고 따라 가다보면, 네가 피하고 싶은 일일지라도 의미 있는 징검다리가 되어줄 거란다. 네 옆에는 사랑하는 가족과 친구들이 함께할 테니 모험이 두렵지만은 않을 거야.

너라는 존재를 떠올리면 그저 행복하다. 행복감에 두 발이 가벼워지고 점프하면 머리가 하늘에 닿을 것 같은 기분. 이 아름다운 땅에 이토록 아름답게 존재해줘서 고마워.

온 마음으로 너의 삶을 지지하고 응원할게.

영혼이 폴짝폴짝 뛰고 있는 수지가
이 세상을 맞이할 준비를 하고 있는 수지에게

2장. 고마움 : '태아의 나'에게

사랑의 발견

전숙향

64년 전 엄마의 자궁 속에 있는 너를 본다. 오랜만에 객지에서 돌아오신 아빠와 엄마의 사랑 가운데, 오빠가 태어난 지 오 년 만에 또 하나의 생명이 잉태되었으리라. 동지섣달 찬 바람이 숭숭 들어오는 시골 건넌방이지만, 엄마의 자궁 속은 따뜻하고 포근하기만 해.

세상이 깜깜한 건 네가 눈을 감고 있기 때문이야. 그러나 네 귀는 세상의 모든 소리를 향해 열려 있고 가끔 들리는 아빠의 기침 소리와 엄마의 한숨 소리에도 바로 반응하지.

느릿느릿 보릿고개를 잘 견뎌준 네가 정말 기특해. 고된 시집살이에 먹은 것도 없었던 엄마는 너를 움켜잡고 노란 물까지 토하곤 했으니까. 그래서 오 남매 중 가장 조그맣고 약하게 태어났다는 너. 그런 나에게 엄마는 늘 '너는 뼈가 생기다 말았다'고 말씀하셨어.

깜깜한 엄마의 자궁 속에서 넌 무얼 생각했을까?

네가 태어났다는 소식에 기뻐하며, 미역을 사 들고 한달음에 외갓집까지 오셨다는 아버지. 유일하게 너를 지지해 주시던 아버지가 30년이 지난 어느 추운 겨울날 황망히 돌아가시는 슬픔을. 그 충격을 그리도 오랜 세월 간직하게 되리라곤 상상이나 했을까. 너에게 가장 큰 아픔이지만, 사람은 반드시 죽게 된다는 사실과 세월이 약이 된다는 것을 알게 될 거야.

너는 통 큰 유리창을 통해 비 내리는 풍경 보며 감성에 젖어 드는 걸 좋아하게 될 거야. 예술적인 감각과 클래식 음악에 깊이 빠져드는 걸 보면, 옛 선비의 마음을 가진 아버지의 유전인자가 많은가 봐.

생전 처음으로 엄마 배 속에 있는 너를 이렇게 오롯이 바라보다가 네가 정말 사랑스럽고 고귀하다는 생각을 미처 하지 못했던 나를 발견했단다. 늦었지만 세상에서 제일 환한 미소로 반겨주고 안아주고 싶어. 이후의 삶이 너에게 실망을 주거나 힘들게 할지라도 너의 존재 자체가 눈물 나도록 고맙고도 감사하다는 사실을 꼭 기억하렴.

유난히 정에 약하고 거절을 아파하는 너는 칭찬과 인정욕구에 목말라 스스로 들볶기도 할 거야. 짧지 않은 삶 속에서 '사랑의 덕목'을 가장 소중히 여기게 될 너는 길냥이를 향한 긍휼함도 넘쳐나는 사람이 된단다. 지금까지 열심히 사랑한 네가 정말 고마워. 세월이 더 많이 흐른다 해도 사랑의 열정만큼은 식지 않으리라 믿어. 그래서, 사랑이 주는 순간순간을 소중하게 여기며 글을 쓰고 있는 너를 발견하게 될 거야.

숙향아, 넌 참 예쁜 아이야.

사랑만 품고 있는 숙향이가
죽을 때까지 사랑하게 될 나에게

내가 지금, 여기 있기 때문이야

이지영

웅웅웅.

무슨 소리일까?

어둑하지만 은은한, 너만의 안락한 공간. 손과 발을 저으며 둥둥 떠다니다, 기분 좋은 울림의 선율에 눈을 스르르 감는구나. 포근한 둔덕에 몸을 누이고, 들려오는 목소리에 귀를 기울여 보는 너.

아무것도 하지 않아도 괜찮아. 손을 뻗어 움켜쥐지 않아도 배꼽에 연결된 줄에서 온전한 공급이 이루어져. 벌거벗은 몸으로 한껏 자유를 누릴 수 있어. 마음껏 너를 드러내도 안전해.

너는 알게 될 거야. 네가 누리는 충만감은 너의 존재를 지지해 준 사랑이 있었기에 가능하다는 것을. 무의 존재에서 유의 존재로 훌쩍 자라갈 수 있게 열 달 동안 더할 나위 없이 채워진 사랑은 네 눈이 두 개라서, 네 발가락이 열 개라서 부어진 게 아니야. 네가 지금, 여기 있기 때문이야.

2장. 고마움 : '태아의 나'에게

기억해.

너는 여전히 여기에 있어.

너를 가득 채웠던 충만감을 떠올려 봐. 네 위로 눈부시게 떠오르는 태양과, 뒤를 굳게 지키고 서있는 푸른 산이 있어. 컴컴한 밤에도 은은한 달빛이 너를 감싸고, 밀려오는 파도에 바스러진 수많은 모래알이 발밑을 간질여.

단단하게 뿌리내린 민들레처럼 깊이깊이 뿌리내리렴. 서 있는 땅이 척박할지라도, 불어오는 바람에도 흔들리지 않고, 굳세게 살아와 준 네게 고마워. 너는 충분히 최선을 다했어.

지영아, 넌 최선을 다했어. 그때부터 지금까지.

지금 여기에서 너를 생각하는 내가

바람처럼 물처럼

유선아

많은 사람들에게 치유능력을 발현할 선아에게

선아야, 어서 와.

5년이나 걸렸구나! 오는 길이 쉽지 않았지? 콩알만큼 작은 너에게 바라고 원하는 것이 많을 텐데 그 자리를 잘 지켜주어 고맙고 기특하구나.

바람처럼 물처럼 유연한 우리 선아.

너는 예쁘게 손 글씨 쓰는 것을 좋아하고, 그것을 사람들에게 나누며 힐링과 치유의 능력을 발휘하게 된단다. 신께서 손끝의 자유로움을 주셨지만, 몸과 성대의 자유는 주지 않으신 거 같아. 그래서 춤과 노래를 잘 구사해 내기를 늘 바라면서 살 거야.

선아야, 너는 사람의 마음을 어루만질 수 있는 도구들을 갖고 있고, 마음의 깊이가 더해지는 많은 과정들을 겪게 될 거야.

힘들어 하지 마!
지치지 마!
포기하지 마!

멀리 뛰기 위해서는 몸을 움츠려야 하듯, 콸콸 쏟아지는 물을 얻기 위해서는 마중물을 부어야 하듯, 탐스럽고 값진 것을 위해 너를 준비하는 때가 있을 거야.

그 과정의 클라이막스는 결혼생활일 거야. 결혼 전과 다른 수많은 성찰의 기회와 스토리들을 만들어 낼 수 있을 거란다.

이 이야기들은 너를 감싸고 있는 껍데기에 불과해. 단단한 호두를 깨고 나면 알맹이를 만날 수 있듯이 너를 깨는 작업들이야. 상처 없이 온전한 알맹이도, 한쪽 귀퉁이가 부서진 알맹이도 호두인 것처럼 너는 그냥 너란다. 어떠한 모습으로도 많은 사람들에게 도움이 되고 유익이 될 거야.

너는 고마움이야. 아무도 몰라주고 넘어갈 소소함에도 가치를 부여할 줄 알아서 그 마음을 꽉 채워줄 줄 아는 고마운 존재!

천 번의 도전과 천 번의 승리, 또다시 천 번의 아픔과 천 번의 기쁨을 겪으며 삶의 모든 것을 담담하게 고맙게 받아낼 너를 언제까지나 응원하고 축복한단다.

고맙고 고마워.

시행착오를 반복하며 점차 최적의 것을 추구하며 사는

지금의 선아가

이런 나를 있게 해 준 콩알 선아에게

2장. 고마움 : '태아의 나'에게

인천의 선물이 세상의 선물이 되다

권인선

서울에서는 아기가 안 생기다 인
천으로 이사 갔더니 생겼다는 인천의
선물, 인선아! 요즘 들어 네 이름을
자랑할 기회가 많아져 기쁘지? 선물
로 세상에 왔으니, 세상을 떠날 때까
지 다른 사람들에게 선물 같은 존재
로 많은 것을 주고 싶어 하는 인선아!
네 소망대로 사랑을 나누는 존재로 기억될 거야.

엄마 뱃속에서 혼자 지내기는 어떠니? 9개월 동안 양수 안에서 홀로
동동 떠다니는 기분이 궁금해. 조금씩 길어지고 동그래지는 너를 볼 때마
다 신기함을 느낄지 두렵지는 않은지 상상해 보게 되는구나.

세상의 선물, 인선아!

너는 사람들을 잘 챙기고, 새로운 도전을 겁 없이 시도하며, 열정적으로 살게 될 거야. 키도 크고 걸음걸이도 씩씩하지만, 마음은 카스텔라처럼 부드럽고 여려서 울기도 잘하지. 주변에 늘 사람들이 함께하고, 그들과 의미 있는 일 하는 좋은 공동체를 꿈꾸게 될 거란다. 잇속은 못 챙겨도, 감사함 속에서 행복을 선택하는 지혜로운 사람으로 말이야.

인선아, 세상에는 예상치 못한 이별들이 우리를 슬픔에 빠지게하기도 해. 아빠와의 갑작스러운 이별이 그랬고, 만나지 못한 채 뱃속에서 헤어진 조그마한 아기가 가끔은 너를 슬픔의 바다에 빠뜨리기도 할 거야.

하지만 우리가 할 수 없던 일에 대해 미련은 갖지 말자. 언젠가 좋은 곳에서 다시 만날 날을 기다리며 더 멋지게 살아가도록 하자. 그날이 왔을 때, '나, 잘 살았죠?'라고 자랑스럽게 이야기할 수 있도록 말이야. 그땐 많이도 슬펐지만, 여러 일들을 통해 많이 성숙하고 감사할 줄 아는 사람이 되었으니까.

밤하늘 환한 북극성처럼 아이들과 엄마들에게 힘이 되고 싶어하는 인선아!

너의 진심이 멋진 메시지와 합쳐져 길잡이가 되는 북극성처럼 밝게 빛나길 기도해. 엄마에서 다시 강사로 한 걸음 한 걸음 걸어가는 너에게 온 우주의 기운으로 응원하고 지지해! 매일 아침 외치는 긍정 확언처럼 '나는 권인선을 사랑해!', '나는 권인선을 응원해!' 그러니 힘든 순간이 와도 새로 시작한 용기를 떠올리며 다시 신발 끈을 묶고 묵묵히 걸어 나가렴.

"우리가 어떤 일에 어떻게 대처하는가, 그것이야말로 우리가 가진 가장 큰 자유야."

우리는 늘 선택의 순간을 만나지. '어떤 태도와 자세로 일을 대처하느냐'가 내 인생을 이끄는 키와 같은 역할을 한다고 생각해. 역경 속에서 배움과 감사함을 찾으며 겸손하게 최선을 다하는 네가 되리라 믿어. 그리고 응원해. 온 마음을 담아 사랑해!

인천의 선물, 권인선!

지금의 너는

김지혜

오늘도 성장하기 위해 새로운 도전을 하고 있을 지혜에게

수 없이 많은 세포들과의 경쟁에서 이기고 엄마의 자궁을 차지한 지혜야. 축하해! 그 자리에 있는 너는 어떤 세포보다도 우월해!

모든 것을 다 가진 지혜야, 너는 어떤 것을 잘하는지, 어떤 것을 좋아하는지 늘 너에 대해 질문하고 고민하며, 자신을 알기를 원해. 다른 사람의 눈치를 살피고, 너의 감정을 숨기며 자신감 없이 살아가지 마. 너는 무엇이든지 할 수 있고, 무엇이든 될 수 있어.

30년 뒤, 너는 사랑하는 한 남자를 만나 결혼을 하고 그 사람을 똑 닮은, 아들과 딸을 선물 받아 행복한 나날을 보낸단다. 하지만, 어느 순간

그 선물들을 미워하고 원망하는 날이 오게 될 거야.

그런데 지혜야, 그 선물들에게도 너라는 존재가 선물이라는 사실을 알고 있니? 더 나은 네가 되려고 발버둥 치지 않아도 괜찮아. 너는 존재 자체로도 이미 빛나는 사람이니까.

사랑하는 아이들에게 모자란 점이 보여도 부족한 것이 있어도 마음 다해 그 아이들을 사랑하듯, 아이들 역시 너이기 때문에 너를 사랑하는 거야. 두 눈이 초롱초롱 빛나는 딸아이가 혼자서 글씨를 쓸 수 있게 되었을 때 삐뚤삐뚤하지만 마음을 담아 이렇게 편지를 써 줄 거야.

'엄마 사랑해. 나아 조서(낳아 줘서) 고마워.'
너라는 존재는 그런 거야.

다이아몬드가 되지 못한 돌덩이라도 괜찮아. 지금의 너는 그 자체로도 이미 반짝반짝 빛나고 있단다. 너의 모습이 싫어서 다른 사람이 되려고 한다면, 누가 너의 자리를 채울 수 있을까?

잊지 마! 너는 그 자체로도 눈이 부시게 아름다워. 이 세상에서 가장 귀한 모습으로 나에게 와 줘서 고마워. 지금처럼 언제나 너의 곁에서 응원할게. 축복한다 지혜야.

41살 지혜가

엄마 자궁 속 곰 젤리 지혜에게

'벼리'처럼

김미정

세상을 조금 더 아름답게 만드는 일을 하게 될 미정이에게

태아 미정아, 안녕? 수 억분의 일, 그 확률을 뚫고 시작하는 너를 축하해. 넌 아마 그랬겠지. 여긴 어디일까, 나는 누구일까, 나를 둘러싼 수많은 소리들은 뭐지? 하고 말이야.

호기심이 많은 너는 다른 사람들의 삶에 어떤 방식이든 동기부여를 주는 사람이 되기를 원한단다. 긍정적인 마음과 따뜻한 시선으로 모든 사람들이 자신을 귀하고 아름답게, 소중하게 생각하기를 바라지. 특히나 자라나는 아이들이 자기 삶의 오롯한 주인공이었음 한단다.

It's all in your attitude.

모든 것은 나의 태도에 달려있다.

힘들고 어려울 때 네가 되뇌는 말처럼, 너는 몸과 마음의 균형을 찾는 일에 관심이 많단다. 첫사랑의 아픔, 아나운서 낙방, 친구의 배신, 아픈 부모님 등 슬픔은 너를 깊숙한 우물 속으로 빠트리기도 한단다. 하지만 기억해. 넌 언제나 그 상황을 바꿀 힘을 가지고 있다는 거. 곰곰이 생각하고 또 궁리하면 너의 근본적인 마음과 욕구를 찾아낼 수 있단다. 그래서 다시 보면 슬픔도 기쁨도 찬란하게 다가오는 것 같아. 소설가 박경리 선생님의 표현처럼 말이야.

네 애칭 '벼리'처럼 너는 수많은 별들 중 하나란다. 하지만 사람들의 시선에 따라 달라지는 게 아닌, 그 누구도 가지지 못한 새로운 반짝임이란다. 너의, 너만의 생각을 빛내렴.

로또 당첨 확률보다 더 희박하고 험난한 여정을 이겨낸 주인공, 김미정!

그 단단한 생명력의 원천이 너란 걸 잊지 말고 더 많은 사람들에게 삶의 소중함을 전할 수 있도록 네게 매진하기를 바란다.

'나는 질문한다. 고로 나는 존재한다.'

지금의 내가 네게 해 줄 수 있는 최고의 말이란다.

태초의 너를 응원하며,

미정이가

우주를 닮은 장한 빛줄기

서혜주

안녕, 혜주야!

너의 아니, 나의 태아적 상상이라니! 당시 복중의 사진은 존재하지 않겠어서 미루어 짐작해 본다. 상상 속의, 그러나 그때 분명히 현존했던 무명씨의 꼬물이, 꼬맹이 아가야.

큰 뜻을 품고 지구에서 할 일을 하려고 마침내 네가 엄마 뱃속에 깃들었구나. 열 달 동안 잘 먹고 잘 커서 부디 건강한 모습으로 세상 빛을 보자꾸나. 그것이 너의 하늘과의 첫 번째 약속이자 사명이란다.

2장. 고마움 : '태아의 나'에게

어여쁜 혜주야.

너는 50살이 넘어 생애 가장 큰 업적이랄 수 있을, 너의 영혼을 담은 첫 책을 쓰게 된단다. 맞아. 네 영혼을 갈아 쓴 책이란다. 그리고 이후 너는 완전히 다른 삶을 살게 돼. 오오, 이렇게 말하니 내가 마치 잠자는 숲 속의 공주에 나오는 예언자 요정 같구나. 그리고 너는 복되게도 네가 원한 대로 너의 분신인 아들과 두 명의 딸들을 갖게 된단다.

너는, 이 다음에 누구보다 강한 책임감을 지닌 성숙한 어른으로 자란단다. 주변 사람들이 진심으로 너의 강인함과 신의를 칭송하게 돼. 그리고 너의 온 삶을 통해 모든 것들과 더불어 그 모든 것들로부터 배우고 깨닫게 되지. 스스로 행복할 줄 알고 넘치는 행복 에너지가 밖으로 흘러 이웃과 더불어 행복할 수 있는 방법을 알게 되지. 예쁜 이름 그대로 '은혜로운 구슬'같은 존재가 된단다.

그런데 혜주야, 너는 네 유일한 동생이, 충분히 피어 보지도 맺어 보지도 못 한 채 사그라지는 형언할 수 없는 슬픈 경험을 하게 될 거야. 이 말을 하게 돼 정말 미안하구나. 유일한 동기간인 동생과 오랜 시간을 공존하면서도 고마움을 비롯한 마음들을 충분히 살갑게 소통하지 못해 아쉬움과 회한을 남기게 된단다.

붙잡아 보겠노라고 호기롭게 시도한 소싯적 도넛 모양 담배 연기가 생각난다. 잡자 말자 사라져 버리는 무심한 연기-담배 연기, 향 연기 다 좋다-처럼, 한 움큼 쥐자 말자 손가락 사이로 빠져 나가는 속절없어 야속한 가는 모래처럼, 혹은 아직 차가운 초봄의 멋을 내어 목에 두른 꽃무늬 매끄러운 스카프가 매듭이 풀리면서 목에서 흘러내릴 때의 허전한 느낌. 그도 아니면 사막의 유혹자 신기루처럼, 그는 이제 이 곳에 없다.

그 상실로부터 너는 또 다른 통찰과 힘을 얻어 더욱 가열차게 삶을 살아가게 된단다, 그의 몫까지 더해서 말이야.

혜주야, 우리 모두는 본성이란 걸 가지고 있단다. 너의 본성은 살면서 너를 힘들게 한 수많았던 감정들이나 생각들이 아니야. 시시각각 변하고 불완전하고 부정적인 것들과 동일시되는 인물이 아니야. 그것들은 참 네가 아니란다.

본성은 긍정이나 부정, 선이나 악 등 가치판단이 들어가지 않은 진아, 무아를 뜻한단다. 무아는 무엇이든 될 수 있고 무엇이든 할 수 있는 제로 베이스, 온전한 가능성의 상태를 말해. 특정한 어떤 것으로 정의되지 않는, 그래서 무아로부터 모든 것이 시작하고 창조될 수 있는 거란다.

어떤 의미에선 과거는 없어. 오지 않은 미래도 사실 존재치 않아. 오직 지금 현재만이 있을 뿐이지. 너는, 지혜로운 너는 일찍이 그것을 간파하고 그러한 삶의 태도로 세상을 살고 있어 참으로 고맙단다.

혜주야, 너를 떠올리면 애틋하고 애잔한 마음도 있지만 그보다 더 큰 비중으로 장함이 느껴져. 세상과 인사할 때 특별히 더 작은 존재였던 너는, 몸무게 2kg이 안 되는 미숙아였던 너는, 네가 하고 싶었던 꿈들은 거의 다 이루면서 지구에 존재하는 흔적을 곳곳에 남기게 되지. 스스로 누누이 말하는 세상에서 가장 잘 한 일인, 2세를 세 명 낳은 것에서부터 너의 이웃, 주변 사람들에게 선한 영향력을 미치는 것까지.

너는 뭐랄까, 붓으로 물감이나 먹을 찍어 종이에 떨어뜨리면 일파만파로 동심원을 그리며 사방으로 번져가듯 너의 향기가 형형색색의 빛줄기로 너를 둘러싼 누리로 퍼져나가는 것 같아. 작지만 방 안 전체를 다 밝히는 촛불의 빛 같은 존재 말이야.

'이 또한 지나가리라.'
네가 좋아하는 말이야. 언제 어느 때고 일희일비하지 않으리란 너의 마음과 결을 같이 한다고 느껴져. 사람들에게 밝고 유쾌하고 다소 가볍게 느껴질 수도 있지만, 내면에 깊은 진중함과 진지함을 함께 가지고 있지.

혜주야!
남은 시간도 간절함과 감사의 마음과 태도로 세상을 배우며 신나게 놀자꾸나. 유연하게 물처럼 그렇게 말이야.
나는 너이자 나인, 장한 너를 사랑해.

절망도 희망도 없이 담담하게

이수아

삶의 주인으로 살기 위해 애쓰고 있는 수아에게

열 달 동안 양수 속에서 너는 무슨 생각을 하고 있는지 궁금해. 혼자 있어서 친구가 필요하진 않을지, 심심하진 않을지, 무얼 하며 노는지 알고 싶어.

특별한 수아야, 너는 정적인 면과 동적인 면을 적절히 가지고 있는 거, 너도 알지? 정적인 활동 중 독서를 가장 좋아하고 말이야. 책을 읽을 때면 누군가와 대화가 나누고 싶어서 글을 쓰기도 하잖아.

언젠가 너는 사랑을 갈구하다가 사랑받고 싶은 만큼 타인을 사랑하기로 했잖아. 무언갈 주는 만큼 되돌아올 거란 믿음을 가지고 있으니, 사랑도 준만큼 돌아올 거야. 그렇게 사랑하고 사랑을 받으며 행복을 쌓아 가겠지.

지금 너는 첫 번째 책 출간을 앞두고 있어. 몇 주째 쉬지 않고 일만 하다 보니, 혼자 여행도 가고 싶기도 하지. 그러나 현실은 육아와 일에 둘러싸여 있어야 해. 해야 하는 일과 하고 싶은 일, 그 사이에서 너의 삶을 가만 들여다 보고 있자니 좀 울적하네.

살아내느라 고생 많았어. 어쩌면 인생은 살아가는 게 아니라 살아내는 것일지도 몰라. 앞으로도 살아내야 할 너의 삶을 응원해. 인생의 모토 기억하지? '절망도 희망도 없이 담담하게 살아가기.'

너를 많이 사랑해.

끝까지 너의 삶을 포기하지 않고 살아온 수아가
태아의 수아에게

인생은 살아가는게 아니라 살아내는 것

넌 지금부터 꽃을 피우면 돼

황선희

멋지게 삶을 꽃 피울 선희에게

엄마 뱃속에서 아무 근심 걱정 없이 잘 자라고 있는 태아의 너와 마주해 보네. 태어난 후 많은 일들이 일어나게 된다는 걸 모르고 행복한 꿈을 꾸고 있는 거 같구나.

엄마 아빠의 이혼, 둘째 언니의 죽음…. 네가 생각지도 못한 큰일들이 일어나겠지만 넌 잘 이겨 낼 거야. '누군가의 도움 없이는 이렇게 살 수 없었지' 하는 감사한 마음도 가지게 된단다.

그리고 선희 너는 책을 통해 삶을 어떻게 살아야 할지 알게 되고 변하게 될 거야. 원망하는 삶이 아닌, 베풀고 소중히 여겨야 하는 너의 삶임을 깨닫게 되지.

그저 엄마의 따뜻한 품이 좋았던 태아의 너에게 엄마와 분리되어 독립해야 한다는 걸 남들보다 조금 일찍 경험했다고 말해 주고 싶어. 많이 아팠지만 아픈 만큼 성숙할 수 있었던 시간이었어.

잘 견뎌왔고 또 잘 살아온 선희 네가 대견해. 앞으로 더 멋지게 성장할 거란 것도 믿어. 끝까지 응원해 주고 싶구나.

45년 후 알게 될 거야. 너에게 일어난 모든 일들이 네 탓이 아니란 걸 말이야. 그러니 자책하거나 낙심하는 일이 없길 바란단다. 삶이 주는 아픔은 널 단단하게 성장시키기 위한 것일 뿐, 넌 슬픔을 이겨내고 나눌 수 있는 사람이 될 테니까.

선희 네가 세상을 포기하지 않고 잘 견뎌내며 살아온 삶을 보니 거센 비바람에도 끄떡없는 소나무가 떠오르는구나. 세상에 태어난 이유가 있다는 걸 잊지 말고, 지치지 않기로 약속해. 언젠가 반짝 반짝 빛나는 보석이 될 나의 분신 선희야,

고마워. 축복한다.

"너무 일찍 핀 꽃은 일찍 진다."
이 말이 참 좋아.
넌 지금부터 꽃을 피우면 돼.

오래오래 활짝 핀 꽃이 되고 싶은 선희가
태아의 선희에게

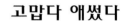

13.
고맙다 애썼다

권 세 연

코칭과 글을 통해 사람들과 소통하며 지낼 세연이에게

세연아, 네가 앞으로 어떤 일을 하며 살아가고 싶은지 오래 생각하지 않아도 될 만큼, 네가 좋아하는 일이 생겼다는 게 정말 기쁘다.

우리 세연이는 어떤 마음으로 이 세상에 태어나야겠다는 생각을 했을까? 엄마 뱃속에 어떻게 자리 잡게 되었을까? 엄마 뱃속에 있는 10개월 동안 어떤 생각들을 했을까? 궁금한 게 많네.

존재 자체로 귀한 세연아,

우리 세연이는 결혼 전에는 사람들과 어울리며 함께 호흡하는 것을 좋아해. 결혼을 하고 아이가 태어나 성장하는 동안 너는 너에 대해 가장 많은 생각을 하며 시간을 보내게 될 거야. 세상에 갓 태어난 아이는 체구가 작고 혼자서는 아무것도 할 수 없다는 것을 직접 경험해보며, 네가 얼마나 많은 사랑과 축복 속에 성장하게 되었는지 알게 될 거야. 그것을 알아가는 동안 우리 세연이는 많이 힘들고 외로운 시간을 보내게 될 거란다. 그렇지만, 우리 세연이는 그 모든 시간을 담담하게 잘 견뎌낼 거야.

세연아! 나는 네가 참 기특해. 바닷가를 자유롭게 헤엄치는 돌고래가 되고 싶었지만, 현실은 마음대로 움직일 수 없는 해변에 뿌려진 수많은 모래와 같은 처지라는 것을 깨닫게 된 순간, 그래도 너는 포기 하지 않았어. 곁에 있는 모래 친구들 이야기 하나하나를 참 정성스레 잘 들어주었지. 그 친구들을 통해 바다 속을 상상하게 되었고, 해변에 자주 놀러오는 사람들의 살아가는 이야기를 들었지. 그 이야기를 통해 눈앞에 펼쳐진 바다를 글로 표현해냈고, 사람들을 연결 시켜주었지.

세연아! 이제 거울을 한번 보렴. 너는 이제 작은 알갱이의 모래가 아니야. 네가 했던 생각과 글들은 너에게 무엇이든 만져볼 수 있는 팔을 만들어주었고, 어디든 갈 수 있는 다리를 만들어줬어. 이제 일어나기만 하면 돼.

모래가 알알이 흩어질 것 같다는 두려움은 이제 내려놓아도 된단다. 너는 태양과 폭풍우를 닮은 삶의 여러 가지 모양 덕분에 누구보다 튼튼한 팔과 다리가 만들어졌어. 그동안 해변이 아닌 다른 세계를 동경하느라 많이 힘들었지? 이제 자유롭게 날아다니렴.

그동안 잘 견뎌줘서 정말 고맙다. 애썼다. 세연아.

"위대하게 시작할 필요는 없다.
그러나 시작해야 위대해 질 수 있다."

이 말을 참 좋아했던 세연아.
위대해질 필요 없어. 그냥 하고 싶은 게 있음 하면 된단다. 지금처럼 언제나 널 응원할 거야. 축복해 내 사랑.

바다의 모든 것을 닮아 있는 태아의 세연이에게
사람들에게 바다를 선물해 주고픈 지금의 세연이가

2장. 고마움 : '태아의 나'에게

14.

노래하며 춤추며

이정숙

농사지으며 글 쓰는 정숙에게

오늘, 뱃속에 있는 너를 상상으로 만났구나! 어떤 부모님과 오빠, 언니들이 기다리고 있을지 모르고 무럭무럭 자라는 너를 보았다.

62년 전, 엄마 뱃속에서 너는 어떤 생각을 하였을까? 어떤 환경을 기대하였을까? 힘든 엄마 자궁을 지나서 이 지구에 떨어져 나왔을 때 황당했을 거야. 아들이 아니라는 이유로 엄마는 울기만 하고 목욕도 안 시키고 계셨다잖아. 존재의 위협을 느꼈을 너를 생각하니 마음이 아프구나.

그 세월에 보상을 받아야겠다는 끈질김이었을까? 힘겹게 살아낸 너를 기억한단다. 이제는 무시당해도 괜찮고 존재감 또한 스스로 충분히 만들 수 있으니 힘 빼고 천천히 즐기면서 살아 가자.

지금은 귀하디귀한 엄마로 아내로 리더로 살아가고 있으니 충분하단다.

고맙고 감사한 정숙아!

너의 분신인 아들과 딸을 무척 귀하게 여기며 살아가는 엄마가 되었구나. 매일 공부하는 엄마로 살아가는 네가 기특하고 어여쁘단다. 건강한 음식을 만들고 나누며 스트레칭하며 모닝페이지 쓰며 기도하며 살아가는 너는, 아름다운 노년을 지혜롭게 가치롭게 살아갈 것이 분명하단다. 함께 살아가는 공동체를 추구하며 새로운 일들을 시작하는 것을 두려워하지 않기 때문이지.

살아가면서 기쁜 일 슬픈 일 괴로운 일들이 스쳐 지나간다. 깊은 상처로 스며든 것도 있을 것이다. 하지만 존재 자체로 존귀한 정숙아, 지금까지 들려준 이야기들은 너를 이루고 있는 것일 뿐 진짜 네가 아니란다. 앞으로 살아갈 수많은 순간순간이 너의 존재가 될 거라는 희망적인 소식을 전한다.

너라는 존재를 떠올리면 감사하고 기특하단다. 가는 곳마다 아름다운 사과 꽃을 피우는 에너지를 가지고 있음을 알아. 따뜻한 사랑의 온기도 지니고 있음을 알고 있지?

짱짱하게 살아갈 너의 미래에 고맙다는 말을 미리 전한다. 지금처럼 앞으로의 삶도 노래하며 춤추며 유쾌하게 살아가자. 사랑한다 정숙아.

2장. 고마움 : '태아의 나'에게

겨울철 나무는 결국, 평화로움을 만들어 냈다

한효원

내 삶의 진짜 주인공으로 살아가게 될 효원이에게

엄마 뱃속에서 열 달. 무슨 생각을 하고 있었을까? 따듯한 엄마 품에서 세상 평화로웠을 네가 그려진다.

효원아! 이렇게 불러보니 참 새삼스럽다. 어릴 적부터 음악을 좋아하고 춤추는 것도 좋아 했었지. 기억나니? 엄마가 장기자랑을 시키면 춤추며 노래해서 항상 1등은 네 차지였잖아. 참 행복했던 추억이지?

앞으로의 삶은 네가 원하던 원치 않던, 겪어야할 시련들이 너를 힘들게 할 때도 있을 거야. 겨울철 추위에 메마른 나무처럼 쓸쓸하기도 하고, 네가 아무것도 할 수 없다는 생각에 무기력해지고 답답할 거야. 하지만 네가 잘못한 건 아무것도 없다는 것을 잊지 말았으면 해.

어떤 말로 표현할 수 있을까? 네가 살아 있다는 게 정말 고마워. 쉽게 끊어지지 않는 길가 잡초처럼 누구보다 마음근육이 단단해진 너의 삶이 기특하고 대견하다. 네가 쓸모없다고 생각한 경험들이 결국 다른 사람들에게 많은 위로와 공감을 줄 수 있다는 사실을 알게 될 거야.

뿌옇게 가려져 있던 안개가 걷히고 너의 내면의 힘이 너를 살게 할 거야.

우리의 운명은 겨울철 나무와 같다.
그 나뭇가지에 다시 푸른 잎이 나고 꽃이 필 것 같지 않아도,
우리는 그것을 꿈꾸고 그렇게 될 것을 알고 있다.

– 요한 볼프강 폰 괴테 –

효원아, 고맙다. 추운겨울을 잘 버텨주어서. 그리고 이렇게 너에게 편지를 쓸 수 있도록 함께해 줘서. 너의 미래를 생각하면 사계절의 웅장함이 그려져. 넌 원래 그런 아이였어.

지금 이 순간을 살아가는 서른아홉 살 효원이가
가장 평화로웠을 태아 효원이에게

2장. 고마움 : '태아의 나'에게

잘 살아 주었어

김태은

희망의 글을 쓰게 될 태은이에게

태은아! 너는 어떤 삶을 살게 될까? 아들이 귀한 집이라서 장남으로 태어나면 좋았을 텐데. 하지만 아빠는 너를 많이 사랑해 주실 거야.

소중한 태은아! 너는 글쓰기와 배우는 것을 좋아하게 될 거란다. 사람들의 이야기를 잘 들어주고 힘든 이들에게 격려를 해 주며 너도 성장을 한단다.

네가 어린이집 선생님으로 근무를 계속 할 수 있었다면 훗날 너의 아이들을 키우는 것이 수월했을 텐데 건강이 따라주지 않아 아쉬움이 있단다. 하지만 힘든 육아를 도와주는 남편과 너의 이야기를 들어주고 도와주는 사람들이 곁에 있기에 감사함을 느낄 거야. 너 또한 어려움을 이야기하는 사람을 도와주고 싶다고 생각할거야.

그리고, 건강하지 않아서 많은 것을 해보지 못해서 미안해. 부모님의 과잉보호로 어긋나기도 하고 울기도 했지. 하고 싶은 말을 숨긴 채 상처를 혼자 아물게 해서 미안해.

소중한 태은아!

너를 힘들게 했던 사람들과 아픔들이 지나갔지만 넌 잘 견디게 될 거야. 어두운 터널을 지나 곧 밝은 빛이 비치게 될 너의 미래를 기대한단다. 잘 살아줘서 견뎌줘서 고맙고 앞으로도 잘 부탁해. 편찮으신 부모님께 자주 안부 전화 드리고, 잘 사는 모습도 보여드렸으면 해.

귀한 존재, 태은아. 정말 고마워.

"꿈은 이루어진다"라는 말을 좋아하는
세 아이의 엄마 태은이가
태아인 태은이에게

곧 밝은 빛이
비치게 될
너의 미래를
기대한단다-

2장. 고마움 : '태아의 나'에게

하루하루 나아지고 있어

홍미진

캄캄하고 조용한, 그 어떤 것도 널 헤칠 수 없는 그곳에서 넌 마음 편히 숨 쉬고 있구나. 너를 감싸고 있는 우주가 희로애락으로 떠들썩해도 든든한 뱃속에서 여유롭게 잠자고 있는 너를 생각하니 부럽기도, 앞으로 너처럼 살고 싶기도 해.

너는 활동적이고, 사람들과 함께 어울려 노는 것을 좋아하게 돼. 웃고, 울고, 고민하는 다양한 사람들에게 호기심이 많아서인지 쉽게 사람들과 친해지기도 하고.

힘든 사람을 보면 안쓰러워하고, 뭔가 도와주려고 애를 쓰기도 한단다. 약한 사람을 괴롭히거나 이용하려는 사람은 싫어하고, 그런 사람을 골탕 한 번 먹여볼까 하다가 멀리하려고 한단다.

그리고 모든 사람에게는 배울 것이 있다고 생각해서 좋은 것은 취하고, 나쁜 것은 버리려고 해.

너는 생각하는 것보다 직접 경험하는 것을 중요하게 여기고, 경험을 통해 삶을 지혜롭게 항해해 나간단다. 뭐든 무모하게 덤벼드니 고생도 꽤 하는데, 그걸 통해 배우는 것도 많아.

2남 4녀의 막내로 부모님과 언니, 오빠들의 사랑을 듬뿍 받으며 자라서 받는 것에 익숙해지지. 누군가 늘 옆에서 챙겨주고, 도와주다 보니 자신을 의존적이고, 부족하고, 약하다고 생각하게 돼.

좀 안쓰럽지? 하지만 그리 걱정하지 않아도 돼. 직장 생활을 하면서 받은 만큼 혹은 그 이상을 해내야 하는 것을 배우고, 해내는 과정에서 그간 경험해 보지 못했던 성취감과 자신감을 느끼게 되거든.

네가 자라온 환경과 전혀 다른 남편을 만나 엄청난 갈등을 겪고, 말싸움도 많이 하게 돼.

다행히 살면서 서로를 더 이해하고, 싸움이 아닌 대화로 갈등을 해소하는 횟수가 늘어난단다. 독립적이던 남편은 너에게 의지하게 되고, 의존적이던 너는 좀 더 독립적으로 되는 것 같기도 해.

너에겐 두 명의 아이가 생겨. 계속 직장 생활을 해서 부모님이 아이들을 돌봐주셔. 이런 상황에서 너는 시간을 충분히 주지 못하는 애들도 신경 쓰여, 여기저기 아프신 부모님도 신경 쓰여, 변화무쌍한 회사 일도 신

2장. 고마움 : '태아의 나'에게

경 쓰여, 일중독에 배우기를 좋아해서 주말마다 바깥으로 나가는 남편도 신경 쓰이게 돼.

한없이 해주면서 그만큼 대우받길 원하는 엄마와 어른들에게 너만 잘 살면 된다고 들었던 남편과의 갈등, 몇 차례의 수술에도 계속 술을 드시려는 아빠와 이를 말리는 엄마와의 갈등, 어릴 때부터 스스로 챙기며 자란 남편과 조부모님이 오냐오냐 키운 아들과의 갈등을 보며, 어느 날 아무도 볼 수 없는 곳으로 가 버리고 싶다는 충동도 느낀단다.

그래도 괜찮아. 미진이 너는 이렇게 마음을 먹고, 상황을 조금씩 변화시켜 나가니까.

'이번 생은 가족의 갈등 관계를 나아지게 하려고 태어났다! 이것을 해내면 난 세상에 못 할 게 없다!'

사랑하는 사람들과 좋은 관계를 맺고 너와 연결된 사람들에게 좋은 에너지와 영향을 줄 수 있도록 노력하는 미진아! 이 세상에 존재해 줘서 고마워.

너의 노력과 밝은 에너지는 어제보다 더 나은 오늘을 만들어 갈 거야. 너의 미래를 상상하니, 미소가 지어지는구나. 빛나고 있는 우리 미진이를 영원히 응원할게. 축복한다.

'괜찮아. 할 수 있어'라는 말이 잘 어울리는 미진이가
이쁜 꼬물이 미진이에게

18.
황홀한 금별들

백미정

죽을 때까지 글을 쓰게 될 미정이에게

너를 생각하니 기분이 묘해. 조금 울컥하기도 하고.

엄마 뱃속에서 무섭거나 외롭진 않았니?

보석인 미정아, 너는 글쓰기를 좋아하고 책을 보면 위안을 얻는 사람이 된단다. 아들 셋을 낳고는 딸이 있었음 좋겠다 생각도 하고 말이야.

너는 늘 자신을 돌아보며 잘 살고 있는지 몸부림치는 성찰의 과정을 놓지 않을 거야. 그리고 창밖으로 보이는 나뭇잎의 푸르름에 감사하는 마음으로 울컥하는 슬픔을 토닥여 주는 사람이 될 거란다.

그리고 이런 소식 전하게 되어 미안해. 엄마, 아빠가 헤어짐을 선택해서 미어지는 가슴을 늘 가지고 살아갈 거야.

2장. 고마움 : '태아의 나'에게

하지만 보석인 미정아, 지금까지 들려준 나의 이야기들은 너를 이루고 있는 것들일 뿐, 너의 존재 자체가 아니란다. 앞으로 너와 함께 할 수많은 '지금'이 너의 존재가 될 거야.

'너'라는 존재를 떠올리면 황홀해.

깜깜한 밤하늘에 수많은 금별들이 박혀 있는 것 같아.

너에게 편지를 쓸 수 있는 지금의 시간과 너에게 고마워.

잘 살아낼 너의 인생과 애씀에도 고마워.

고맙다 미정아.

"그래, 여기까지 잘 왔다"라는 말을 간간이 되뇌는 미정이가

태아의 미정이에게

잘살아온
잘살아낼
너의 인생과
애씀에
고마워

이젠 비워가자 더 가치 있게

임미영

더 비우자
더가치있게

사람들 속에서 환하게 웃고 있을 미영이에게

미영아! 아기집에 건강하게 자리 잡은 널 환영해! 너는 존재만으로 엄마 아빠에겐 잊을 수 없는 기쁨이야.

징검다리 미영아,

사람과 세상을, 사람과 사람을 연결시키는 재능은 너의 특별한 능력이야. 연결을 위해선 한 사람 한 사람에 대한 애정과 그 존재 자체를 소중히 여기는 마음이 먼저지.

너에겐 각 사람의 다양성에 대한 존중과 긍정의 마음이 있단다. 사람 사람마다 숨어있는 잠재력을 볼 수 있는 눈이 있고, 그것을 밖으로 끌어내어 빛날 수 있게 도와줄 수 있는 힘이 있어.

너에게 가장 든든한 연결고리의 원동력이 되어 줄 엄마를 잃고 많이 힘들었지? 그 깊은 슬픔을 통해 정서적으로는 더 깊은 포용을 배웠고, 너는 온전히 홀로서기를 할 수 있었던 것 같아.

지금까지 채워온 것들이 진정한 너일까? 비우고 채우는 과정들이 오늘의 너이지만, 진짜 네가 되기 위해 비울 것들을 더 찾아가 보자. 빼고 빼도 절대 뺄 수 없는 그것이 진짜 너의 본질일 거야. 그게 너의 가치일 테고 말이야.

너는 더 든든한 징검다리가 되어 더 많이 내어주고 더 많은 사람들을 성장시키고 도울 거야. 난 그렇게 될 너를 응원해. 상상만으로도 너무 멋진 일이야!

> "무엇을 채우느냐에 따라 결과는 달라지며
> 무엇을 비우느냐에 따라 가치가 달라진다."
> – 하워드 스티븐슨 –

예쁜 생명체 미영이에게
오늘도 가장 가치 있는 징검다리를 짓고 있는 미영이가

3장. 질문

: 물음표를 사랑할 때 느낌표를 만날 수 있다

'질문력은 생명력이다'라는 말이 있습니다.

그만큼 질문의 힘은 중요하다는 뜻인데요,

여러분은 평소 자신에게 어떤 질문을 던져 보시는지요?

반드시 해답을 찾기 위한 질문이 아닌,

자신을 아끼고 돌보는 마음과 함께

소통을 목적으로 질문을 던져본 적 있으신지요?

30대부터 60대까지 작가님들께서

자신과 마주한 질문에 글로 대화를 해 보셨습니다.

여러 가지 감정들이 들었어요.

가치관, 삶의 모양, 나아가야 할 방향성 등도

함께 생각해 보았습니다.

질문을 한다는 것,

질문에 답을 할 수 있다는 것은

이미 내 안에 답이 있기 때문에 가능한 일입니다.

만약,

여러분과 시간을 오래 가지고 싶어 하는 질문이 있다면

글로 대화를 시도해 보세요.

물음표가 느낌표로 바뀌는

놀라운 경험을 하게 될 수도 있으니까요.

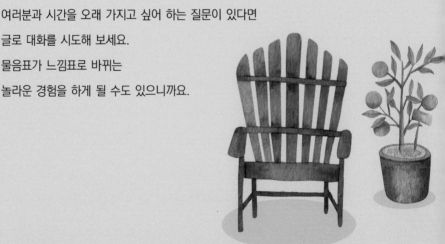

오늘이 만약, 여러분의 마지막이라면?

김미정

"오늘이 만약, 여러분의 마지막이라면 어떠할 것 같나요? 남은 시간동안, 무엇을 하고 싶으세요?"

이 질문이 주어지면, 약속이나 한 듯 순식간에 조용해진다. 천천히 강의장을 돌며 사람들의 글과 표정을 살핀다. 먹먹함과 당혹스러움, 슬픔, 미안함, 후회, 사랑과 감사 등 죽음은 수 만 가지의 모습들로 나타난다. 때때로 강의실은 목이 메는 누군가의 눈물에 금세 전염되어 빨간 눈의 토끼들로 가득차기도 한다. 과연 '생의 마지막'이라는 단어보다 더 강력한 문구가 있을까?

내가 만난 죽음은 '보이지 않는 투명 벽'이었다. 번 아웃과 함께 나타난 이상 징후들로 급기야 응급실에 실려 가는 장면도 연출됐다. 추가 검사 결과를 기다리던 그날 밤. 나는 처절한 외로움과 함께 보이지 않는 투명 벽안에 혼자 갇혀 있었다. 세상에 말로 다 설명할 수 없는 감정이 그렇게 많은 지도 그때 처음 알았다. 급기야 '내가 죽기 전에, 아이들의 엄마를 구해야겠다'는 생각까지 이르렀을 때 나는 엄마 잃은 어린 아이처럼 울고 또 울었다.

다행히 이해의 미덕님(신랑)이 새장가를 드는 일은 일어나지 않았다. 대신 더 큰 변화가 내 삶에 일어났다. '죽음을 마주해야 삶이 우뚝 선다'는 철학자 최진석 교수의 말처럼 나의 죽음을 직면한 후에 '감사하기'로 내 삶을 턴하기 시작했다. 운명이 내 노력을 몰라준다며 영원히 살 것처럼 숨 쉬었던 내가, 들숨 날숨을 내 쉬는 것 하나에도 고마움과 감사의 의미를 발견한 것이다.

오늘 아침, 집에서 키우는 뱅갈 고무 나뭇잎이 또 하나 떨어졌다. 떨어지는 나뭇잎에서도 나는 죽음을 생각한다. 그리고 지금 이 순간, 내가 살아있음에 감사한다. 삶과 죽음의 경계선 위에서 더없이 기쁘게 오늘도 나와 약속한 세 가지를 실천할 것이다.

'지금 이 순간, 내가 함께 하고 있는 사람들을 위해, 내가 할 수 있는 아름다운 일을 행하는 데 최선을 다할 것이다.'

간절히 기도해 본 적이 있는가?

위혜정

가진 것이 별로 없다. 가지고 싶은 것도 없다. 소유권과 소유욕, 둘 다 내 것이 아니다. 하나의 부재는 남은 하나에 대한 부싯돌이 될법한데 둘 다 없으니 불꽃 튈 리 만무하다.

무언가에 대한 강렬한 애착, 꼭 물욕이 아니더라도 취미든 특기든 깊은 몰입으로 스며나는 독특한 빛깔이 탐난다. 간절함 한 방울이면 나의 색깔이 선명해질 수 있을 것 같아서다.

하지만 '그 간절함으로 기도해 본 적이 있는가?'라는 질문 앞에 착각이 감지된다. 절실했던 마음의 상흔도 만져진다. 생명에 대한 간구, 노력 여부를 벗어난 신의 영역 언저리에서 눈물을 쏟아낸 적이 있다.

첫 번째는 아버지, 두 번째는 남동생이다. 사랑하는 두 남자가 중환자실에서 헤매었다. 예기치 못한 충격의 연발타로 휘청거렸다. 생명의 종결이 갑작스레 닥친다는 말은 지극히 인간 중심적인 생각이다. 언제든 멈출 수 있다. 지속을 당연시하는 것이 우리의 오만이다. 근거 없는 배짱으로 아버지와 남동생의 부재를 상상조차 해본 적이 없었다.

각종 경험 부재의 정점에 닿고서야 '함께'라는 당연지사가 하루아침에 절절한 간청이 되었다. 끝도 없이 출렁이는 감정, 살얼음판 같은 예측불허의 상황, 두 존재가 빠져버린 인생 가상도. 모두 삶의 곁가지에도 걸려 있지 않았다. 농밀한 절박감이 터져 나왔다. 결국 둘은 살아있는 존재로 다시 내 앞에 섰다. 없었다면 결코 느끼지 못하는 부재감(不在感)은 현존(現存)에 대한 감사다.

감사의 반대는 당연함이다. 당연함을 부재로 치환하다보면 감사가 구구절절이다. 나는, 가진 것이 없지 않다. 빛깔이 없는 것도 아니다. 굳이 채도를 높일 필요는 없다. 절박하지 않았어도 품에 안겨진 것을 보고 감사하면 된다. 아등바등 담으려 하지 않고 담겨진 것에는 마음껏 웃을 수 있는 것, 그것이 바로 나다. 그거면 족하다.

내 생애 가장 용기 있었던 날은?

서혜주

"아니, 이 많은 애들을 무시하고 댁의 손자만 그네를 태우시면 어떡합니까? 자라나는 애들이 무얼 보고 배우겠어요?" 떨리는 목소리보다 심장의 두방망이질이 먼저였다. 10년도 더 전 일이지만 분명히 안다. 세포가 기억하고 있다. 그때 정말이지 바깥으로 튀어나오기라도 할 기세로 심장이 쿵쾅거렸다. 무엇이 나로 하여금 이토록 강한 순간을 맛보게 했을까.

아파트로서 마지막 집이었으니 큰애가 초 2 쯤이고 아래로 올망졸망 7살, 4살이었겠다. 저녁 무렵, 마트에 장을 보러 내려갈 때 우리 집 삼남매는 이미 놀이터에서 30분가량 놀고 있었나 보다. 키 높이가 도레미인 애들이 그네 옆에 모여 줄을 서 있는 모습으로 보아 모래놀이는 일차 끝났으리라 짐작했다.

"이제 그네 탈 거야? 그럼, 엄마 마트 갔다 올라올 때 같이 들어가자. 오빠는 동생들 잘 돌봐 주고!" 내 말에 아들이 "응!" 하고 답하며 오른손으로 오케이 사인까지 해 보였다.

몇 가지 사지 않았지만 못 해도 이래저래 30분의 시간은 소요되었지 싶다. 애들은 여태 그 자리를 고수하고 있었다. 한 순배 돌고 나서 또 타려는가 싶어 "왜? 더 타려고? 밥 먹게 이제 그만 들어가자." 장바구니를 들어 보이며 귀가를 재촉했다. 그런데 반가운 목소리를 듣자 갑자기 둘째가 잡고 있던 동생 손을 뿌리치고 모래사장을 가로질러 울먹이며 달려왔다. 와서는 세상에 다시없을 억울한 목소리와 눈빛으로 우리 사회에 만연한 엄청난 비리의 한 단면을 힘주어 고발하는 것이 아닌가!

"엄마, 저 할머니가 자기 손자만 계속 타게 해." 이게 무슨 소린가? 오호라, 핏줄간의 특혜 비리라고? 아이 손을 잡고 모래사장을 가로질러 걸어갔다. 그 눈빛이 그렇게 하게 했다.

가까이서 보니 한 어르신이 자신의 손자로 보이는 아이의 그네를 밀어 주고 있었고 그 주위로 시무룩하고 기운 빠지고 혹은 분기탱천한 얼굴들이 보였다. 첫째와 셋째의 눈동자와 마주쳤다. 역시 많은 감정을 담고 있었다.

안 봐도 비디오였다. 20~30분가량을 그 아이만 그네를 독점하고 있던 거다. 할머니의 후광을 등에 업고서. 눈에 그려지는 상황이었지만 사실 확인이 필요했다.

"할머니, 애들 말이, 손자만 줄곧 탔다는데요?" 낯선 목소리에 고개를

3장. 질문 : 물음표를 사랑할 때 느낌표를 만날 수 있다

잠시 돌렸을 뿐 그녀는 하던 일을 계속 하고 있었다. 개중 용기 있는 목소리 하나가 외쳤다.

"예, 맞아요!"

침묵은 긍정의 경우가 많아서 정직한 아이들 말이 사실인가 보았다. 사건의 발단이 시작되었으니 다음은 전개 단계인데 내 역할이 절실히 필요한 순간이었다. 아니, 사건에 자의반 타의반으로 개입함으로써 이미 흥미진진한 전개는 되고 있었고 그럼 그 다음은? 대단원 앞의 클라이막스다!

그때부터다, 가슴의 요동이 시작된 것은. 운은 떼 놓고 이제 저 수많은 약하고 무구한 눈동자들 앞에서 무언가 다음 액션을 보여주어야 했다. 이에 내 삶의 무대에서 가장 용기 있는 대사가 나왔다.

"아니, 이 많은 애들을 무시하고 댁의 손자만 그네를 태우시면 어떡합니까? 자라나는 애들이 무얼 보고 배우겠어요?" 자신들의 억울한 상황을 대변해 줄 사람이 눈앞에 나타나자 아이들은 너나없이 한마디씩 내뱉는다.

"저도 못 탔어요."

"아까부터 20분을 기다렸다구요." 손목시계를 들어 보이며 씩씩거리는 덩치가 좀 큰 아이도 있었다. 분명히 상대 배우가 무어라 대꾸를 하였겠는데 기억이 없다. 자신의 대사에만 취한, 용기백배한 신참 배우라니. 할 소리를 했다. 그리고 그것이 상대방의 행동 수정을 이끌어냈다. 손자를 그네에서 내리게 하더니 짐짓 무심한 척 놀이터를 떠나는 것이 아닌가?

첫 번째 대기자가 기쁨에 겨워 냅다 빈 그네에 올라탔다. 순서가 한참

뒤인 우리 애들은 이제 그네 따위 미련 없다는 듯 오늘의 슈퍼맨인 용감한 엄마에게 냉큼 달려든다. 아들이 장바구니를 받아들고 두 딸이 양손을 잡는다. 애들은 오늘의 쾌거에 격한 감정인 것이 역력했다.

"엄마, 엄마, 엄마 디따 멋졌어, 아까! 완전 짱이야!"

흥분한 아들이 두 눈을 반짝이며 말한다. 아이의 칭찬에 업된 나는 한 술 더 뜬다.

"그으래애? 정말로? 엄마가 누구?"

그러자 동시에 내뱉은 "정욱이 엄마!", "정원이 엄마!", "정안이 엄마!" 소리로 온 아파트가 떠나갈 듯 울린다.

양쪽이 대치한 상황에서 바른 말을 할라치면 심장이 벌렁벌렁하는 것을 살면서 두어 번 경험했다. 그 중 그때의 것이 압권이다. 응원군이 있어 더욱 올바른 일이었고 보상은 황홀했다. 본디 분쟁의 상황에 스스로를 두어 본 적이 없다. 다툼의 상황 자체를 만들지 않고 회피하려는 마음이 다분히 있다.

신체의 변화가 무서워서라도 체험을 시도한 적이 별로 없다. 어쩌면 그 일은 내 유아 시절에 대한 항변이었을지도 몰랐다. 쉬운 한마디 말로 용기라고 했지만 보다 분석해 볼 필요가 있다. 작게는 엄마로서 크게는 성숙한 민주 시민으로서 의를 보여줌으로써 실천하고 다음 세대의 가슴 속에 큰 울림으로 가르침을 준 일이 아니었을지. 이 시대에 요구되는 성숙한 참 어른의 모습이었다고 한다면 과장일까?

누가 보고 있지 않아도
스스로 용기를 낼
자신, 이제 있다.

작금에 장안의 화제인 영화 한산의 명대사를 빌어 와 의미를 증폭시켜 본다.

"대체 이 전쟁은 무엇이옵니까?"라고 묻는 왜적의 질문에 이순신 장군은 답한다.

"의와 불의의 싸움이지."

의로운 용기는 붉디붉은 빨강이다. 빨강이 짙어져 숫제 검붉은 그것이다.

등 뒤에서 반짝이던 6개의 눈동자 덕분에 더 용기를 내었지만, 누가 보고 있지 않아도 스스로 용기를 낼 자신, 이제는 있다. 목소리 크기가 문제가 아니다. 작지만 힘 있는 목소리가 오히려 더 강하기도 한다.

오늘 나는 자아선언을 한다. 정욱, 정원, 정안이의 엄마이기도 한 나는 말과 글을 통해 용기 있는 사람입니다, 라고.

4.

지금까지 나는 나에게,
어떤 말을 가장 많이 해 주었는가?

황선희

'난 왜 이렇게 운이 없지?', '내가 할 수 있을까?', '그건 위험해.' 무심코 떠올린 생각들이 내 안에서 오래도록 살면서 앞으로 나아가지 못하게 했던, 내가 나에게 했던 말들이다.

어느 날 우연히 켈리 최 회장님의 인스타그램을 보게 되었다. 출장차 해외에 갔을 때 서류와 옷, 여권, 귀중품, 돈을 몽땅 소매치기 당했지만 어려운 상황들을 이겨내고 일정을 완벽하게 소화해 낸 사연이었다.

남녀노소, 부자 불문하고 모든 사람은 어려움을 당할 수 있다는 사실과 어려운 상황을 대하는 태도에 따라 상황이 바뀐다는 것을 배울 수 있었다. 꾸준히 해 왔던 독서의 도움도 한 몫 했다.

다시금 나를 돌아보았다. 마음만큼 따라 주지 않았던 상황 속에서 짜증과 불평을 보였다. '나는 운이 없다'는 말을 나에게 끊임없이 했다. 어려운 상황이 문제가 아니라, 상황에 휩쓸려 상황을 주도하지 못했던 나의 마음 자세와 부정의 말이 문제였음을 알게 되었다.

에메랄드 빛 깊은 바다 속에서 돌고래가 튀어나오는 듯한 깨달음을 얻게 되는 순간이었다.

"나는 운이 좋아.", "나는 할 수 있어.", "행동하자." 내가 변하길 원한다면 마음과 말을 바꾸어야 했다. 그리고 그것은 다른 이의 도움을 받을 수 없는 영역이다. 내가 해야 한다.

하루, 이틀 한다고 완벽하게 변할 수는 없지만 나는 믿는다. 나는 지금 성장하고 있고 앞으로 더 성장할 것이라는 사실을 말이다.

원래부터 있던 길은 없다.

자주 다니다 보면 길이 만들어진다.

생각도 마찬가지다.

열등하다고 생각하면 점점 더 열등감이 느껴진다.

밉다고 생각하면 점점 더 미워진다.

짜증을 내다보면 점점 더 짜증이 난다.

다른 길을 만들고 싶다면

지금까지 다니던 길을 벗어나

새로운 곳을 정해 거기로 자주 다니면 된다.

– 이민규 〈생각의 각도〉, 끌리는 책 –

나에게 들려줬던 이야기들이 나의 삶을 만들기에 나는 내 생각의 길을 향해 자주 말해줄 것이다.

"나는 운이 좋다. 할 수 있다. 해 낼 것이다."라고!

노트와 펜을 들 힘이 없어진다면?

김지혜

학교를 졸업한 후 가장 먼저 했던 행동은 가방을 꽉 채우고 있던 책과 노트 그리고 펜들을 버리는 것이었다. 과식 후 답답했던 내 소화기관에 탄산 가득한 사이다를 밀어 넣으면서 뻥 뚫리는 시원함을 느끼듯 해방감을 느꼈다. 내 두 어깨가 다시는 무거운 가방을 짊어 지지 않을 것이라고, 노트와 펜이 다시 나의 가방 안에 들어올 일은 없을 것이라고 확신했다. 한동안은 내 생각대로 흘러갔고, 완전히 그들(나에게 있어 노트와 펜은 인격체이므로 이렇게 칭한다)에게서 벗어난 것처럼 보였다.

그러나 나도 느끼지 못하는 사이 그들은 슬금슬금 나를 찾아왔고, 내 책상 위에서 가장 많은 지분을 차지하고 있는 것 역시 노트와 펜이다. 지금의 나는 매일 아침 명언을 적으며 동기부여를 하고, 책을 읽고 난 후에는 내 마음을 움직인 문장을 필사하며 생각을 적는다. 노트와 펜에 해방

된 것을 기뻐하던 나는 예전의 감정은 잊은 채 다시 그들과 찐한 우정을 나누고 있다. 색색깔의 펜을 사 모으며 기뻐하고, 예쁜 노트를 보면 내 것으로 만들고 싶은 욕심 가득한 아줌마가 지금의 내 모습이다.

며칠 전에도 나는 열 가지 색깔의 펜과 일러스트가 그려진 노트를 구입했다. 노트와 펜은 이제 나와 헤어질 수 없는 소울메이트다. 초등학교 2학년인 딸이 마음에 들지 않는다며 방 한구석에 처박아 두었던 필통을 색연필, 형광펜, 다양한 색깔의 펜들로 채워갔다. 버려졌던 필통은 나에게 와서 하루가 다르게 불어나는 내 뱃살처럼 빵빵해져간다.

즐거워도 흡연, 화가 나도 흡연, 밥을 먹은 후에는 당연히 흡연. 모든 순간을 흡연이라는 것과 함께하는 애연가. 돌연 금연을 하겠다는 독한 마음을 먹었지만 얼마 가지 못해 금단현상에 무너지는 그들처럼 나 역시 약지와 중지 사이에 자리 잡고 있는 펜들이 없을 때, 불안감을 느낀다.

내 필통에서 마음대로 펜을 꺼내 쓰고, 소중한 나의 노트에 낙서를 해 놓은 딸아이를 보며 소리를 높이는 날도 많아졌다. 그럴 때면 반짝이는 큰 눈동자에 눈물을 가득 머금은 딸아이가 말한다.

"나는 연필만 쓰라고 하면서 엄마는 왜 연필을 안 써? 나도 엄마처럼 예쁜 색깔 펜으로 글씨 쓰고 싶단 말이야."

나의 가장 친한 친구가 되어주는 노트와 펜을 잡을 수 없게 되는 순간이 온다면 어떨까?

지난 2월 영면에 든 '시대의 지성' 고(故) 이어령 전 문화부 장관. 200여 권에 가까운 저서를 남긴 그 분은 생애 마지막 순간까지 펜을 놓지 않고 생명과 죽음을 성찰하셨다. 평소에는 컴퓨터를 통해 집필했지만 자판을 두드릴 힘이 없어지자 손에 펜을 쥐었고 그마저도 힘들어 졌을 때, 목소리로 녹음을 하셨다고 했다.

그래, 사람이란 어떠한 상황 속에서도 방법을 찾아내는구나. 간절함만 있다면 상황과 환경은 핑계거리가 되지 않는다는 것을 이어령 전 장관님을 통해 배웠다.

우정을 나누던 노트와 펜을 잡을 힘이 없어지는 그 때, 이 세상을 떠나 다른 세상으로 여행을 가는 그 순간까지 그들이 나의 옆을 지켜주는 가장 좋은 친구가 되어주기를 바란다.

운명을 달리한 소중한 지인이 나와 1시간을 함께 할 수 있다면?

이지영

딩동! 벨소리가 울렸다.

"택배 왔습니다."

'응? 누구지?' 설거지를 하고 있던 지영이는 물기 묻은 손을 티셔츠에 대충 닦고 대문으로 나갔다. 끼익, 현관문을 열어보니 종이상자에 나풀나풀 분홍리본을 두른 선물상자가 놓여있었다.

'이건 뭘까? 누구지? 대체 누가 보낸 걸까?' 이리저리 상자를 돌려보아도 보낸 사람이 누구인지 적혀있지 않았다. 지영이는 두근대는 마음으로 조심스럽게 리본을 풀었다.

펑! 하는 소리와 함께 지영이의 몸은 어딘가를 향해 둥둥 떠오르기 시작했다. 몽실몽실 뭉게구름 사이를 지나 초록빛 숲을 휘이 돌고 나니 아래가 내려다보이기 시작했다.

'어! 여기는 놀이공원이잖아?!'

너구리 인형 탈을 쓴 사람들이 춤을 추며 퍼레이드를 하고 있는 이곳은 바로, 지영이가 어린 시절 그토록 좋아했던 놀이공원이었다. 어느새 지영이의 머리에는 인형이 달랑거리는 머리띠가 씌워져 있었다.

"빨리 와. 지영아! 어서. 바이킹 타자!" 하며 손목을 잡아 끄는 사촌오빠와 언니가 옆에 있었다.

'저 쪽에 보이는 사람들은 누구지? 어른들 같은데?' 희끄무레한 모습이 어렴풋이 보이는 순간, 지영이는 사람들에 휩쓸려 바이킹에 올랐다.

"꺄악!!"

아래로 온몸이 풀썩 떨어져 내린다. 휘익! 하늘로 솟구쳐 올라간다. 하늘 위에 심장을 두고 아래로 곤두박질쳐 떨어져 내린 순간, 고단한 얼굴로 인자하게 웃고 있는 모습을 발견했다.

"할아버지! 할머니! 저예요. 지영이예요! 지영이가 바이킹을 타고 있어요!"

지영이는 정신없이 할아버지, 할머니를 소리쳐 불렀다. 눈물에 가려 모습이 지워질세라 차오르는 눈물을 서둘러 깜빡여 흘려보냈다.

너무나 보고 싶었던 그 얼굴, 그 미소, 그 사랑.

펑!

지영이는 어느새 씽크대 앞에서 혼자 흐느끼고 있었다. 온몸에 힘이 하나도 없었지만 금방 만났던 미소는 생생했다. 지영이의 가슴 앞섶에는 빨간 하트무늬 이름표가 달려있었다. 소중한 아이를 잃어버릴 새라 할아버지, 할머니가 놀이공원 입구에서 꼭꼭 여며 가슴에 달아주셨던, 이름 한자 한자 꼭꼭 눌러 새긴 사랑의 선물.

나는 왜 글을 쓰고 있는가?

전숙향

"나, 여기 있어요. 내가 여기 있다고요!"

깜깜한 허공에 대고 냅다 소리 질러 보지만, 나의 외침은 입속에서만 맴돌고 끝내 소리로 나오지 않았다. 답답한 마음에 몸을 뒤척이다 깨어나니 꿈이다. 언제부터인가 이런 비슷한 꿈이 반복되곤 하였다.

왜 그랬을까? 먼지 같은 인생이 너무 아쉬워서일까. '나'란 존재가 이 지구와 우주에 스쳐 가는 바람처럼 흔적 없이 사라짐이 안타까워서일까. 아니면, 별스럽지 않은 삶에 대한 애착이 너무 커서일까. 그것도 아니면 조물주가 주신 생에 대한 감사가 사무쳐서일까. 인간의 죽음이란, 부정할 수 없는 진리 앞에 무릎 꿇고 조용히 사라진다면 아무 일도 일어나지 않을 텐데.

세상에 나의 존재를 알리고, 내가 사랑했던 사람들의 가슴속에 따뜻함으로 인정받는 그 일이 나에게 왜 그리 중요할까? 꿈속에서 외쳤듯이 '내가 여기 있다'고 단지, 나의 존재를 알리는 그 일이 내가 글을 쓰는 이유가 될 수 있을까?

글 쓰는 재주가 뛰어나거나 롤러코스터 같은 흥미진진한 읽을거리가 있는 인생은 더욱 아니다. 단지, 어려서부터 혼자 상상하고 막연히 뭔가 끄적이는 것을 좋아했을 뿐이다. 남들 앞에서 말을 조리 있게 하기보다 글로 쓰는 것이 나에겐 훨씬 더 쉬운 일이었다.

남편과 연애 시절, 남편이 군 복무를 할 때 있었던 일이다. 매일 쓰는 편지도 모자라 얼굴도 모르는 중대원 전원에게 편지를 보내는 바람에 오해를 사기도 했었고, 결혼 후 부부싸움하고 난 뒤에 밤새워 화풀이를 노트 한 권에 채운 적도 있었다. 글을 잘 써서 칭찬을 받거나 상을 받아본 적은 없지만, 글 쓰는 일을 무서워하거나 싫어하지는 않았다. 오히려 글을 쓰면서 상처가 치유되고 힘을 얻을 때가 더 많았다.

우디 앨런은 '내용만 진실하다면 소재는 무엇이라도 좋다'고 하였고, 정희진 작가는 '나를 알기 위해서 쓴다'고 하였으며, 은유 작가는 '글을 써야 하는 이유가 한 가지라면 글을 쓰지 말아야 하는 이유는 백여덟 가지다'라고 말하기도 했다. 그렇다면 '나는 왜 굳이 글을 쓰는가?' 다시 한 번 나를 깊이 돌아보았다.

자존감이 낮은 나의 정체성을 찾기 위해, 그래서 바른 자아를 형성하고 단단해지는 마음의 근육을 만들기 위해, 불확실한 삶의 구간을 넘기기 위해 감히 '글쓰기를 한다'라고 답하고 싶다.

그랬던 글쓰기가 지금 노란빛을 깜박깜박하고 있다. 잠시 글쓰기를 멈추고 생각하는 시간을 가져 보라는 신호인 것 같다. 무작정 쓰는 글로 인해 다른 사람들에게 '공해 같은 글이 되면 어쩌나' 하는 생각이 들었기 때문이다. 나의 과거 현재 미래가 글로 연결되듯 그 속에는 내 삶이 녹아나온다. 질 높은 글을 쓰고 싶은 욕심이 생겼다. 그러나, 잠시의 주저함을 뒤로하고 미련 없이 액셀을 밟는다. 결국, 나는 글을 쓸 것이다.

그동안 살아오면서 말로 다 표현하지 못했던 나의 잠재된 본능 "세상에 보여준 내가 다 아니야."라고 말하고 싶은 것이다. 그래서 시원하게 소리를 내지르는 꿈에 도전해 본다.

방바닥에 굴러다니는 머리카락이 나에게 무어라 말하는 것 같은가?

김태은

남편 머리카락 :

빠지는 내 머리카락 청소하기 힘들지? 이발하고 올게.

청소하기 훨씬 낫겠지?

자기야, 글 쓰는 모습이 너무 자랑스럽다. 내가 많이 도와줄게.

내 머리카락 :

육아하랴 살림하랴 힘든데, 하고 싶은 글쓰기 하면서 당당하게 살아볼까나? 어느 날은 카페에서, 또 어떤 날은 아이들 없는 집에서 글을 쓰는 거야. 나의 이야기를 쓰면서 치유를 해보렴.

장녀 머리카락 :

엄마, 우리들 키우느라 많이 힘들지? 내가 모범을 보여 잘 할게. 난 맏이니까! 우리 엄마 글 쓰니까 너무 멋지다. 자랑스러워. 사랑해. 그런데 엄마, 난 사춘기 인가봐. 뭐든지 반대로 하고 싶고 공부도 하기 싫은데, 엄마처럼 멋진 사람이 되려면 하기 싫은 공부도 해야겠지? 노력은 해 볼게. 지켜봐줘.

장남 머리카락 :

난 말 잘 듣고 싶은데 마음대로 잘 안 돼. 난 아직 어리니까 봐줄 거지? 글 쓰는 멋진 엄마, 아직 어린 내 마음도 읽어주면 안될까?

막내아들 머리카락 :

엄마 파이팅! 엄마 사랑해. (생후 31개월)

삶의 마지막 순간, 내 아이들에게 듣고 싶은 말은?

한효원

삶의 마지막 순간, 후회 하지 않을 사람이 있을까?

가족에게 사랑한다 표현하지 못한 것이 후회 되다던 언니의 마지막 순간이 기억에 남아있다.

꺼져가는 숨을 내뱉으며 한 글자 한 글자 힘겹게 이어갔던 마지막 말.

엄. 마. 미. 안. 해.

내가 생에 눈을 감게 되는 순간, 하얗게 바래진 백지 위에 살아온 날들이 파노라마처럼 지나갈 때, 어떠한 후회도 없이 그 순간이 자연스럽고 평화롭길 바라본다.

'당신은 주변 사람들에게 어떤 인정을 받고 싶은가요?'라는 질문에 존재 자체로 인정받고 싶다고 말했었다. 사랑 받고 싶고 인정받고 싶어 아무리 발악해도 채워지지 않던 마음의 빈자리가 두 아이의 엄마가 되고 나니 채워지기 시작했다. 아이들은 한결같이 사랑을 표현했다. 씻지 못해 떡이 진 머리를 하고 있어도, 목이 늘어난 후줄근한 티를 입고 있어도, 거울 속 내 모습을 나도 외면하던 때에도 조건 없이 날 사랑해 주는 건 아이들뿐이었다.

내가 살아갈 의미를 준 두 글자, '엄마'라는 말 한마디면 충분할 것 같다. 삶의 마지막 순간, 무슨 말이 더 필요할까.

"딸을 저 세상으로 보내고 나니 가장 아쉬운 게 뭔 줄 아나? '살아 있을 때 그 말을 해줄 걸'이야. 그때 미안하다고 할 걸, 그때 고맙다고 할 걸. 지금도 보면 눈물이 핑 도는 것은 죽음이나 슬픔이 아니라네. 그때 그 말을 못 한 거야. 그 생각을 하면 눈물이 흘러."

《이어령의 마지막 수업》에서 읽었던 내용이 생각난다. 소중한 사람들에게 다 표현하지 못한 말들이 후회로 가슴에 남는다.

오늘, 지금 여기의 삶을 사는 것이 과거로부터 자유롭고 미래에서 오는 불안을 잠재울 수 있다는 것을 깨달았다. 시간은 유한하고 그 끝을 알 수 없다. 현재를 살며 솔직하게 표현하고 말하고 사랑할 것이라 다짐해본다. 우리 아이들처럼.

나는 내일, 무엇을 버리게 될 것인가?

유선아

'버린다'는 것은 지금 사용하지 않는 필요 없는 무언가를 없앤다는 의미이다. 못된 성격이나 버릇 따위를 떼어낸다는 뜻도 있다.

'나는 내일, 무엇을 버리게 될 것인가?'라는 문장은 불필요한 것을 없애는 행위를 포함하고 있으므로, 한 단계 더 도약해 있을 미래에 대한 기대감을 갖게 한다. 필요와 불필요의 경계에서 미련 떨지 않고 기대하며 버리게 될 것들을 생각해 본다.

요즘 나는, 매일 새벽 달리기를 하고 있다. 건강과 외모컨트롤을 위한 하나의 노력이다. 매일 1그램의 셀룰라이트가 내 다리에서 떨어져 나가주길 바라면서 말이다. 등산이 취미이고, 10km 마라톤을 세 번이나 참여한 경험이 있지만 단 한 번도 체력이 안 되거나 다리상태를 고려해 본 적

은 없었다.

튼튼한 다리 덕분에 외부활동을 잘 해 왔지만, 그냥 놔두면 독이 될 셀룰라이트와 미소 짓고 볼 수 없는 하체비만. 이제는 버리려고 한다.

벌써부터 가볍게 느껴지는 발걸음과 부종이 사라지고 있는 매끈한 다리. 그리고 살아난 미소. '같은 값이면 다홍치마'라고 하지 않는가? 튼튼하면서 보기 좋은 다리. 기능이 최고인데 예쁘기까지 한 운동복처럼 말이다.

굳어 있는 사고, 좋지 않은 입버릇, 예쁘지 않은 신체언어 등 스스로는 불편함을 못 느끼지만 버리면 더 나아질 것들이다. 또 버리면 좋을 것이 무엇인지 스스로 질문하고 대답하면서 실행하는 과정을 반복할 것이다.

군더더기 없는 매끈한 다리를 위해 노력하는 것처럼, 비포장 도로같은 인생길을 탄탄대로로 만들기 위해 나의 선택과 행동은 언제나 현재진행형이다.

인생에서 '절실함'이라는 단어를 만난 적 있는가?

이정숙

어미로서 아들, 딸을 향한 간절
한 기도를 한 적이 수없이 많았다.
특히, 아들 결혼식을 앞두고 처음
며느리를 보는 초보 시어미가 할
수 있는 것은 기도였다. 여름휴가

로 청도 산골 구룡공소에 갔다. 새벽마다 공소에서 무릎 꿇고 성모 마리
아님에게 기도하였다. 뚝뚝뚝, 눈물이 흘렀다. 그 간절함의 순간, 나도 아
이들도 다시 태어났다.

조선 정조 때부터 신앙의 박해를 피하여 길도 없는 이곳 계곡을 따라
와서 터전을 잡은 선조들의 이야기를 들었다. 여기저기에서 모은 기록들

을 직접 보면서 기록의 힘은 크다는 것을 실감했다.

6.25 동란 때 운문산 빨치산으로부터 17발의 총알에 한사람도 죽지 않고 살아낸 이곳의 사연들을 들었다. 어느 곳에서나 간절한 기도로 남편을 살리고 아들을 살린 엄마들이 있었다.

하늘 아래 첫 동네로 불리는 그곳에서 매일 아침 기도했다.

곧 다가오는 아들 결혼식에 하느님, 함께 임하여 주시옵소서.

그들이 가는 길목마다 함께 하여 주시옵소서.

아들 딸 낳고 서로 사랑하며 우리 부부처럼 애틋하게 사랑하며 살아가게 하소서.

다가오는 8월 27일, 아들 결혼식에 오시는 한 분 한 분의 마음을 잊지 않고 늘 간절한 기도로 시간을 보내리라 다짐하였다.

기도의 응답처럼 오랜 시간 요양병원에 계신 어머님을 생각하였다. 일제 강점기를 거쳐 6.25를 온몸으로 맞이하시며 이 시대를 살아내신 어머님은 올해 99세이시다.

이 핑계 저 핑계로 찾아뵙는 것을 미루어온 당신의 며느리를 용서하소서.

"어머님, 죄송합니다. 잘못했습니다. 곧 찾아뵙겠습니다. 손자와 손녀, 저희 집 며느리 사진도 한껏 가지고 가겠습니다."

엄마로 시작했던 간절한 기도는, 어머님으로 마치는 간절한 기도가 되었다.

내가 가지고 있는 내적인 유산 중,
지금 가장 빛나고 있는 것은?

김수지

이 질문을 처음 듣고 내가 가진 유산을 떠올리니, 금색의 찬란한 태양처럼 내면이 빛으로 가득 차서, 그 빛이 밖으로도 새어 나오는듯한 느낌이다. 그 중에 지금 내 에너지의 원천이 되고 있는 가장 빛나는 보석이 하나 있다. 바로 '행동하는 용기'이다.

본래 나는 꽤나 행동파였다. 결심이 서면 바로 행동으로 옮기곤 해서 '적극적이다.', '진취적이다.'라는 말을 종종 들었지만 동시에 섣부른 행동에 후회하는 일도 가끔 있었다.

나이가 들수록 이런 후회가 불편했다. 일을 벌여놓고 뒷감당을 못한다는 느낌이 들었고, '어차피 못할 일을 왜 시작했을까?' 왜 시작했을까 하는 자책을 하곤 했다. 그래서 행동하기 전에 돌다리를 여러 번 두드리며 계획을 세우기 시작했다.

플랜 A, B까지 시뮬레이션하며 말이다. 덕분에 후회할 일은 많이 줄어들었지만, 의도치 않게 생각이 너무 많은 사람이 되어버렸다.

아이를 보호하기 위해 쳐둔 울타리는 위험한 상황으로부터 아이를 안전하게 지켜주지만, 동시에 아이의 집안 탐험과 그를 통한 성장은 차단된다.

나는 그간 안전을 핑계로 탐험에 대한 욕구를 무시해온 것은 아닐까? 도전을 할 때에 내 인생도 도약을 했다는 사실을 잊은 채 말이다.

얼마 전 20대 친구가 쓴 블로그 글이 내 심장을 건드렸다. "자꾸 방법을 알려달라고 하면 나는 정말 할 말이 없다. 나는 그냥 했기 때문이다. 일단 하고 나서 방법을 물었으면 좋겠다."

친구의 말은 20대 때 일단 하고 보는 나의 본성을 깨어나게 했다.

그동안 서랍 안에 숨겨놨던 '행동하는 용기'라는 보석을 꺼내 이젠 가장 잘 보이는 곳에 올려놓는다. 이 용기로 설령 다치게 되더라도, 즐거운 모험에 대한 대가라면 충분히 즐길 수 있지 않을까?

'행동하는 용기' 덕분에 나의 내적 유산들이 더 빛을 발하게 되리라는 믿음이 생긴다. 행동하는 용기가 벌써 숨을 쉬기 시작한 것 같다.

꿈 속 장면들 중,
현실이었으면 좋겠다고 생각한 꿈은?

이고은

"Hello?"

지나가는 동네 미국인 친구에게 아이들이 먼저 인사를 건넨다.

5년 만에 종식된 코로나로 미뤘던 미국행 비행기에 몸을 실었다. 20대에 공부한다고 미국으로 떠난 오빠는 그 후로 10년이 지난 지금까지 한국으로 오지 않고 있다. 물론 중간에 잠깐 나왔다 들어간 적도 있지만, 집도 직장도 모두 미국에 있고 조카들은 한국인이지만, 미국인이기도 하다.

그 덕분에 미국에 두 차례 간 적이 있다. 결혼 전 부모님과 미국 오빠의 집에서 한 달 살이를 했고, 결혼 직후 신혼여행으로 미국을 다녀왔다. 그 후 아이들이 태어났고 오빠도 애틀랜타에서 뉴저지로 이사를 했다. 새로운 집으로 아이들과 함께 놀러 갈 계획을 세우던 중 코로나 19라는 전염성 강한 바이러스가 전 세계적으로 번졌다. 미국으로 떠날 계획은 잠시 접어야만 했다.

5년, 정확히 5년 만에 코로나가 종식되었다. 모든 것이 일상으로 돌아왔고 우리는 미국행을 서둘렀다. 그리고 지금 미국에 와있다. 주차장으로 가는 도중 또래 친구들을 만나 반갑게 인사를 건네는 아이들을 보며, '역시 아이들은 국적 상관없이 금방 친해지네'라고 생각하며 차 문을 열었다.

오늘은 마트에 가서 장을 보기로 했다. 사실은 마트 여행이다. 한국과는 또 다른 마트의 분위기를 아이들이 무척 좋아했다. 수북이 쌓여있는 과일 코너에서 이건 무슨 과일일까? 이야기를 나누던 중 잠에서 깼다.

오랫동안 보지 못한 오빠를 향한 그리움이 가슴에 쌓이고 쌓여 머리까지 도달했나 보다. 그런 마음을 알아차린 나의 뇌는 잠든 사이 오빠 곁으로 다가갈 수 있는 꿈을 선물로 주었다.

오빠를 진짜 만날 수 있는 그 날을 기다리며 눈을 비비고 자리에서 일어났다.

내 발을 관찰해 보자. 어떤 생각이 드는가?

권인선

"와! 발 진짜 크다! 대발이네, 대발이!"

누군가 내 발을 보면 내뱉는 첫 마디다. 놀리려던 게 아니라 자기도 모르게 불쑥 튀어나오는 말이다. 보통 남자들보다 큰 손과 발. 발볼이 만주 벌판같이 넓다. 엄지발가락 옆 뼈는 툭 튀어 나왔고, 발등 뼈는 불뚝 솟아올랐다. 둘째 발가락이 너무 길어 신발 안에서 늘 접혀있다. 신발과 발가락이 만나는 곳에 동그란 굳은살이 있다. 피부 빛깔은 짙다.

돼지 목에 진주 목걸이가 아니라 내 발에 유리 구두라고 해야 하나? 넓적하고 거무튀튀한 발에 예쁜 구두는 언감생심. 항상 평범한 단화나 운동화를 신었다. 손은 할 수 없으니 발이라도 숨기자! 특히 누군가 처음 만나거나 소개팅이라도 할라치면 조신하게 숨어있던 발. 샌들을 신기도 창피한 내 발.

내 발은 어릴 때부터 늘 컸다. 열 살 무렵, 유행하는 도라에몽 운동화를 신고 싶어 엄마를 조르고 졸라 신발가게에 갔다. '이제 나도 도라에몽 운동화 신는다!' 그런데 여자아이용 빨간색은 맞는 게 없단다. 할 수 없이 남자용 파란색을 신고 돌아오던 길, 다음 날 '왜 넌 빨간색 말고 파란색 신었어?'라는 질문에 '나는 원래 파란색을 좋아해!'라고 대답하던 어린 내가 선명하게 기억난다. 나는 늘 큰 발을 숨기기에 급급했다.

엄마가 되어 첫 아이 손잡고 매일 동네를 탐험하던 시절, 아장아장 걷는 아이를 따라 하염없이 걷다 멈추기를 반복했다. 어디든 주저앉아 궁금한 걸 구경하던 어느 날, 아이의 작고 보드랍고 오동통한 발을 보았다. 갓 만들어진 찹쌀떡처럼 하얗고 맨들맨들한 발을 보며 생각했다. '내 발도 저렇게 고운 시절이 있었겠구나! 그때부터 지금까지 내 몸을 지탱하고 꼿꼿이 서서 내가 가고 싶은 곳에 데려다주었겠구나! 세상에! 고맙기도 하지!' 감사함을 모른 채, 겉모습만 생각한 풋내 나는 내가 창피했다. 그날부터 나와 아이는 발을 정성껏 닦으며 이야기해주었다. "오늘도 수고한 내 발아, 정말 고마워! 우리 내일도 재밌게 놀자!"

나는 왜 그리 남의 시선에 집착했을까? 타인의 몸인데, 크다 작다 예쁘다 못났다를 말하는 무례한 말에 왜 그리 신경 썼을까? 툭 내뱉는 한마디에 왜 그리 상처받고 좌지우지되었을까? 숨기고픈 못난 내 발이 아니었다면, 어찌 온 동네를 쏘다니며 친구들과 술래잡기하고 고무줄놀이를 할 수 있었을까? 배낭 하나 짊어지고 호기롭게 여행을 떠날 수 있었을까? 아이 반 발짝 뒤에서 걸으며 기저귀 차고 씰룩대는 귀여운 엉덩이를 세상 행복한 표정으로 바라볼 수 있었을까? 하루 만 보를 외치고 두 팔을 휘저으며 걸을 수 있었을까? 나는 이제 쓸데없는 타인의 한 마디에 상처받지 않는다. 나는 이제 내 발이 창피하지 않다. 큰 내 발과 함께 걸을 나의 앞날만 궁금하다. 산티아고 순례길을 걷는 것이 버킷 리스트이니, 소중한 내 발을 잘 보필하며 준비해야 한다.

"나와 함께 방방곡곡을 누벼준 고맙고 고마운 내 발아! 어릴 땐 창피해 해서 정말 미안했어. 네가 데려다준 덕분에 세상 구경 많이 하며 행복하게 잘 살았어. 앞으로도 잘 부탁해!"

3장. 질문 : 물음표를 사랑할 때 느낌표를 만날 수 있다

삶을 어떻게 살아야 할지 막막할 때
나의 모습은?

이수아

나는 상처를 받거나 결핍이 생기면 스스로 탓하고 징징거리기보다, 상처와 결핍을 동기 삼아 상흔을 딛고 일어서려는 습성이 있다. 나에게 수없이 질문을 던진 뒤에야, 나를 다독이며 나아가게 되었다. 전엔 타인과 나를 탓하고 주저앉아 울던 나날이 많았다. 그러나 지금은 이러한 모습이 가장 나답다고 여긴다.

나를 키워주신 할머니도 가장 할머니다운 모습으로 살다 가지 않았나 싶다. 6.25 전쟁 중 밤바다를 건너다가 할아버지와 이산가족이 된 할머니는, 세 아이를 데리고 인천에 있는 작은 어촌마을인 동춘마을에 맨손으로 흙집을 지었다.

신문에 '사람을 찾습니다.' 기사 덕분에 할아버지와 상봉한 건 7년 만이었다. 할아버지기 계시지 않았던 7년긴 갖은 고생을 한 힐머니는 내가 아는 사람 중 가장 강인한 사람이고, 그 모습이 가장 할머니다운 듯하다.

할머니는 에메랄드빛 바다 같다. 평생 갯벌에서 조개를 캐던 할머니가 나에게 준 온정의 터전은 에메랄드빛 바다를 닮아있어서이다. 어둠이 내리며 가려지는 바다의 애틋함과 박명이 일어 햇살에 반짝이는 윤슬의 아름다움이 할머니를 감각하는 나의 감정이다. 바다에는 할머니와 나와의 한 시절이 담겨 있기에, 귀한 보석이다. 그 속에 영원히 기억하고 싶은 추억이 있다.

삶을 어떻게 살아야 할지 막막할 때면, 스스로에게 숱한 질문을 던지며 찾아낸 가장 나다운 모습을 떠올린다. 할머니가 그러했듯, 나도 가장 나다운 모습으로 살면 되는 것이다.

'나이 듦'에 대해 생각해 본 적이 있는가?

권 세 연

따르릉, 따르릉.

낯선 번호였다. 받을까 말까 망설이
다 모르는 사람과 통화까지 할 에너지
가 남지 않아 종료버튼을 눌렀다. 1시
간 즈음 지났을까. 같은 번호로 전화벨
이 한 번 더 울렸다.

"여보세요?"

"안녕하세요. 권세연 고객님 핸드폰
맞나요?" 수화기를 타고 중저음의 정중
한 중년 남성 목소리가 들려왔다.

"네, 맞는데, 누구세요?"

"안녕하세요. 저는 이번에 고객님 ○○생명보험 담당을 맡게 된 ○○○입니다. 권세연 고객님 보험 변경되는 사항이 있어 만나 뵙고 안내드리려고 하는데, 언제 시간이 괜찮으실까요?"

약속을 정하고 며칠 후, 집 근처에서 담당자를 만날 수 있었다. 담당자가 설명하길 내가 가입한 생명보험은 39살까지는 사망보험료가 1억 원이고, 40살부터 5천만 원으로 줄어든다는 안내와 1억 원 유지를 하기 위해서는 추가 보험료를 납부해야한다고 하였다.

이 보험은 20대 중반에, 30살까지만 살고 죽겠다고 결심했을 때 한평생 고생만 하셨던 엄마를 수익자로, 내 나름대로는 무척 비장한 각오로 가입했던 보험이었다. 그랬던 내가 39살이 되어, 40살부터 생명보험금을 1억 원으로 유지하려면 매월 추가금을 내야한다는 설명을 듣고 있게 될 줄이야. 추가금액이 문제가 아니었다.

어린 시절, 나의 가족은 각자의 자리에서 살아내느라, 버텨내느라 무던히도 애썼다. 한 축이라도 어긋나면 무너질 것만 같았다.

주변을 어루만져줄 여력도, 누군가 나를 어루만져줄 손길도 없다고 생각했다. 하루 빨리 이 굴레에서 이탈하고 싶다는 생각뿐이었다.

과거의 나였다면, 지금 이 순간, 고민할 필요도 없다. 그냥 죽는 거다. 그런데 지금 나는 추가 납입을 통해 생명보험금을 1억으로 늘릴 것인지, 추가 납입 없이 5천만 원으로 할 것인지, 산다는 전제 아래 고민을 하고

3장. 질문 : 물음표를 사랑할 때 느낌표를 만날 수 있다

있는 것이다. 이 자체로 참 감격스럽다. 나는 산다.

40살, 50살, 60살, 100살에도 나는 살 것이다. 그냥 삶을 꾸역꾸역 살아내는 것이 아니라, 잘 살 것이다.

과거 나는, 나이 든다는 것은 소위 말하는 번듯한 직장, 경제력 등 내가 무언가를 이루어내야 하는 시간이 축적되는 것, 들어야 할 나이의 무게가 늘어나는 것이라고 생각했던 것 같다. 그럴 자신이 없던 나는 최대한 자연스럽게 정리하고 싶다는 생각으로 벗어나고 싶어 아등바등 거렸던 것이다.

누군가 나를 책임져줬으면 하는 어린 나이의 나는 사는 게 벅찼지만, 결혼을 하고 아이를 키우면서 내가 책임져야할 아이가 있는 지금은 기꺼이 그 무게를 감당한다.

나이 든다는 것은 타인에게 보여주기 위한 무언가를 만드는 것이 아니라, 내가 사랑하는 사람들의 행복을 지키고, 그중에서도 '나'의 마음을 보살피는 과정이라는 생각이 든다. 그리고 다시 타인으로 내 관심을 넓혀가는 일을 반복하는 것이다.

나무에는 나이테가 있다. 햇빛과 물이 충분한 봄과 여름에는 나이테의 폭이 넓게 연한 원이 생기고, 그렇지 않은 늦가을과 겨울에는 진한 원이 생기는데 이것을 통해 나무의 나이를 추측해 볼 수 있다. 한 나무의 성장

과정을 알 수 있는 나이테를 우리가 확인한다는 건 나무의 생명이 끝났다는 것을 의미한다.

사람 생명이 끝났을 때 남는 것은 무엇일까. 결국 한 줌의 뼛가루다. 그것으로 한 사람의 삶의 과정을 추측하기란 쉽지 않다. 그래서 나이를 한 땀 한 땀 정성스레 남겨 놓으려는 글을 쓰는 사람들이 늘어나는 것 같다. 나를 포함해.

나에게 '나이 듦'이란 나와 타인에게 관심을 주고받는 반복되는 과정을 통해 삶을 정성스레 수놓는 과정이자 언젠가는 삶이 완성되는 것을 의미한다.

손가락의 건강함과 눈의 건강함 중,
한 가지를 선택하라면?

홍미진

'어떻게 하지? 손가락이 아프면 테니스를 못 칠 텐데.

눈이 아프면 손이 멀쩡해도 어차피 공이 안 보여서 못 치는구나!'

내가 선택한 질문을 들여다보며, 제일 먼저 테니스를 못 치게 되는 걸 상상하게 된다. 테니스에 단단히 미친 게 아닌가 싶다. 황당하면서도, 눈과 손 중에 어떤 부위가 더 중요한지 다시 집중했다.

세상을 환하게 볼 수 있는
눈 건강이 우선이라 생각했다.
사랑하는 사람들의 얼굴도 보
고, 아름다운 자연도 보고, 위
험한 것들도 쉽게 볼 수 있고!

　　며칠 동안 질문이 머릿속에 둥둥 떠다녔다. 선택은 그대로였다. 글쓰기
전날 밤 퇴근 후 시원하게 샤워를 하는데, 문득 생각났다.
　　'눈은 세상을 환하게 볼 수 있어. 하지만 너무 많
은 것들을 보니까 손을 쓰지 못하는 것에 오히려 상
대적 박탈감이 들지 않을까? 차라리 안 보고, 손으
로 할 수 있는 것들에 집중해서 사는 게 더 낫겠다.'

　　실제로 화장실에 가서 손가락 없이 옷을 입고 벗어 보았다. 밥 먹을 때
도 손가락 없는 시늉을 하며 먹어보려고 했다. 힘들었다. 눈을 감고 움직
일 때는 기다란 봉을 손가락으로 들고 앞에 어떤 것들이 있는지 더듬으며
조금씩 나아갈 수는 있었다. 아주 간단한 경험이었지만 눈은 손가락이 하
는 일을 돕기 어렵지만, 손가락은 눈이 하는 일을 도울 수 있었다.

"정말 중요한 것은 눈에 보이지 않는 법이거든."
— 생텍쥐페리 〈어린 왕자〉, 티라미수 더북 —

　　　　　　3장. 질문 : 물음표를 사랑할 때 느낌표를 만날 수 있다

초고속으로 발달하는 세상 속에서 휘황찬란한 것들이 얼마나 많던가. 멋지게, 재밌게, 부럽게 사는 사람들 이야기도 SNS에서 넘쳐난다. 볼 것이 많으니 재미도 있지만, 그 안에서 오는 상실감, 열등감, 자책도 크다.

바깥세상을 덜 보고, 내 삶에서 중요한 것들을 생각하며, 가지고 있는 것에 감사하고, 할 수 있는 것들에 집중하며 평온하게 살고 싶다.

뜻밖의 질문에 '뭐시 중헌디?'를 되뇌며 생각해 볼 수 있었던 시간이었다. 이것이 질문의 묘미일까?

당신은 당신으로 살아가고 있는가?

임미영

"손발이 맞아야 뭘 하지, 같이 일 못해 먹겠네."

영업부 수장이신 분이 영업부 팀원들이 모두 앉아 있는 회의 자리에서 내게 던진 말이었다. 무례하고 투박하지만, 나도 못해먹을 지경이었다.

교육 기획과 강의를 주로 하던 내가, 회사 경영 악화로 영업부 실적현황을 매일 보고하고 실적관리까지 해야 하는 상황이 된 것이다. 수치화할 수 있는 일임에도 다분히 주관적으로 결론내리는 수장의 모습을 보면서 속이 상했다.

그 당시를 기준으로 5년 후 나의 계획은 '1인 기업가'가 되는 것이었다. 그래서 심리 상담과 강의를 할 계획을 세웠고 출근 전과 퇴근 후 시간을 자기계발 공부에 활용하며 열심히 살고 있었다.

하지만 더 미루지 않고 퇴사를 결단했다. 앞뒤 조각난 5년을 보내느니, 밀도 있게 온전히 도전의 시간으로 채우기 위해서 말이다.

퇴사 후 6개월 동안, 내 삶에 가장 과격하면서도 거침없이 전진하는 시간을 보냈다. '두려움이 와도 이 순간에 나에게 집중하면 나만의 색깔과 빛을 보게 된다. 그 삶이 좀 더 나에게 진실한 시간이 된다'를 되새김질했다.

내가 가장 즐겁게 잘 할 수 있는 일을 선택하고 한계를 즐겁게 직면한 것에 대해 박수를 보낸다. 생계만을 생각했다면 난 여전히 그곳에서 견디고 있었을 것이다. 그러나 나는 진짜 나로 살아가고 싶었다. 남 눈치 보며 타인을 흉내 내거나 체면 따위 생각지 않고 나의 본질만을 위해 살고 싶었다.

지금 생각하면 너무 고마운 회사다. 나에게 존재의 물음을 던져 그 고통을 느끼게 해 준 회사였기 때문이다. 나에게 진짜 나로 어떻게 살아가야 하는지에 대한 질문을 가장 진지하게 던져 주었다.

난 지금 행복하다. 아주 많이. 그 중에 가장 행복한 삶의 모양은 내가 지금 하고 있는 일이 내게 가장 의미 있는 놀이가 된 것이다. 나의 지향점과 정체성이 더 분명히 드러나는 일을 하고 있기에 너무 감사드린다.

"당신은 당신으로 살아가고 있나요?"라는 질문에 1초의 망설임 없이 대답할 수 있다.

"그럼요!"

나에게 '사명'이란 무엇인가?

백미정

"할머니, 행복하게 사셨어요?"

"메리, 난 내 인생을 그런 식으로 생각하지 않아. '내게 주어진 시간과 재능을 제대로 잘 썼나? 내가 있어서 세상이 더 살기 좋은 곳이 되었나?' 나 자신에게 이렇게 묻지."

– 메리 파이퍼 〈나의 글로 세상을 1밀리미터라도 바꿀 수 있다면〉,
티라미수 더북 –

사람들에게 인생의 목적, 교육의 목적이 무엇인지 질문하면 대부분 '행복'을 이야기한다고 한다. 좋다. 그런데 우리는, 행복도 경쟁하는 시대를 살고 있다. '우리의 행복'이 아닌 '나만의 행복'을 위해 열심히 살고 있다는 뜻이다. 나도 열외일 수 없다.

'맡겨진 임무. 임금의 말이나 명령.'

'사명'의 사전적 의미다. 역할과 책임감에 무게를 둘 수 있는 단어다. 그렇다면, '엄마'로 살고 있는 내가 벗어날 수 없는 단어이기도 하다. '하고 싶다'가 아닌 '해야 한다'가 앞서니 행복을 논하기 껄끄러워진다. 내가 해야 하는 일들 속에 파묻혀 살아야 하나, 내 꿈은 하찮은 것인가, 내 삶의 모양 중 엄마를 뛰어넘을 수 있는 방법은 없는 걸까, 라는 생각에 한동안 괴로웠음을 고백한다.

자연스레 흘러갔던 시간 속에 의도적으로 선택한 책 읽고 글 쓰는 삶 가운데 깨닫게 된 것이 있다. 인생 카테고리 안에는 많은 역할이 있고, 그 역할을 감당하고자 하는 눈물과 몸부림을 '사랑' 또는 '사명'이라 일컬을 수 있음을 말이다. 내려놓음, 받아들이기, 흘려보내기가 가능한 사람이 될 수 있었던 큰 이유 중 하나, '글'이었음을 부인할 수 없다.

처음엔 내가 살기 위해 글을 썼다. 이제는, 나와 함께하는 사람들도 잘 살기를 바라는 마음으로 글을 쓰고 있다. 그래서 '엄마 작가'라는 나의 역할은 나의 사명이기도 하다. 인생, 교육, 행복, 역할, 책임감, 꿈, 삶, 엄마, 작가, 그리고 사명. 이 모든 단어들은 '글' 안에서 평화를 누린다.

램프의 요정 '지니'에게 말할
단 한 가지 나의 소원은?

김연희

색다른
삶의맛

지난주 토요일 로또복권 추첨결과 1등이 8명이고 당첨금은 각 32억씩이라는 기사를 보았다. 32억 원이면 대박 아닌가. 좋겠다. 인생역전까지는 아니어도 지금보다 훨씬 여유롭게 살 수 있는 큰 금액이다. 만일 '지니'가 나타나 소원 하나를 들어준다고 한다면 많은 사람들이 로또복권 1등 당첨을 원할 것 같다.

그럼 나는? 역시 로또 1등 당첨인가? 두 손을 공손히 맞잡고 나를 바라보고 있는 지니에게 지금의 나는 쉽사리 단 하나의 소원을 말하지 못하고 망설이고 있다. 얼마 전의 나였다면 단 1초의 기다림이나 머뭇거림 없이 이렇게 외쳤을 테다.

"내 소원은 걷는 것!"

동시에 나는 소원이 이루어져 장애 없이 걸을 수 있게 된 모습을 상상하며, '제일 먼저, 걷기에 편한 신발 사기'와 같은 할 일들을 차례대로 손꼽아볼 것이다. 설렘 가득한 얼굴로.

얼마 전까지만 해도 내가 램프의 요정 '지니'에게 바랐을 소원은 유일한 난공불락의 요새였다. 폭탄이 비 오듯 쏟아져도, 세상을 집어삼킬 자연재해 앞에서도 함락되거나 무너지지 않는 요새. 요즘 그 요새가 함락당할 위기에 처하고 말았다.

최근 나는 지니에게 말할 소원을 저울질하고 있다. '난공불락의 요새'를 위협하고 있는 것은 바로 '현실'이다. 상상의 달콤함을 '현실'의 쓰디쓴 맛으로 바꿔버릴 만큼 강력하다. 함락의 위기 앞에 다른 피난처를 찾는 것은 자연스러운 순서이리라. 내가 대신 찾아낸 피난처는 많은 이들처럼 '로또복권 1등 당첨'이었다. '장애 없이 걷기'나 '로또 1등 당첨' 모두 기적적인 일인데, 상상과 현실이 넘나드는 판타지 세상에 있는 것처럼 나는 두 가지 소원을 대어보고 있다.

여전히 간절하게 목발을 벗어던지고 자유롭게 걷고 싶다. 그래서 고민한다. 왜? 현실 속에 내가 어떤 위치인지 냉철한 자각을 했기 때문이다. 강사를 하겠다고 안정적인 직장을 떨치고 나왔다. 그러나 아직 안정적이거나 분명한 자리를 잡지 못했는데 중년을 지나가고 있다. 지금까지 뭘 그리 나이에 연연하느냐고 말해왔던 내가 나이에 주눅 들고  있고, 평균수명이 계속 길어지는 탓에 살아 온 날 만큼이나 더 살게 되는 건 아닐까 싶어 끔찍하기조차 하다.

장애. 중년. 비정규직. 비(미)혼. 여성. 이들의 조합이 현실의 내 모습이다. 그 중에서도 장애는 나를 가장 압박하는 조건이다. 그렇지만 나는 이제 장애가 나를 남과 구별되게 하는 가장 중요한 자산이란 걸 알았다. 장애란 정체성으로 나는 남과 다른 시선과 언어, 태도를 갖게 되었기 때문이다. 거침돌을 디딤돌 삼아 나아가듯 나는 '장애'를 디딤돌삼아 삶을 헤쳐 나가야겠다. 그래서 형용모순 같은 '장애로 밥 먹고 살기'를 목표로 삼는다.

'지니'와의 만남을 그저 달콤한 상상으로 끝나지 못하게 만드는 내 현실이 웃프다.

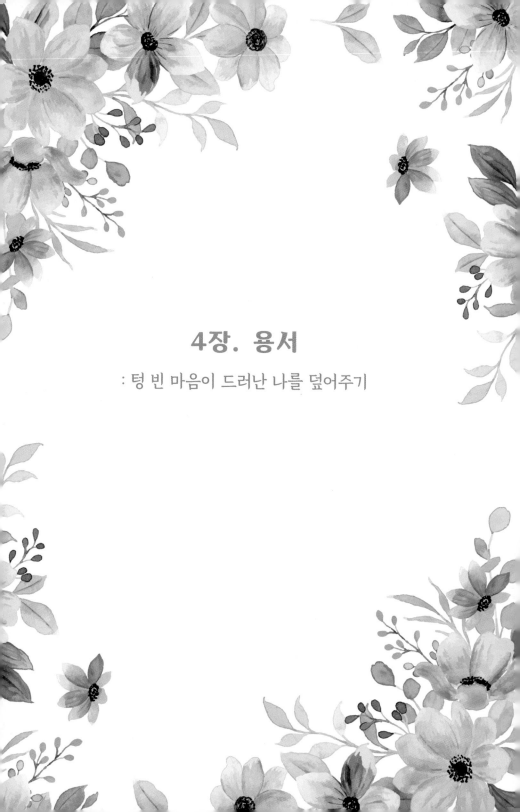

4장. 용서

: 텅 빈 마음이 드러난 나를 덮어주기

'지은 죄나 잘못한 일에 대하여
꾸짖거나 벌하지 아니하고 덮어 줌.'

용서의 사전적 정의입니다.
덮어 준다는 것은,
죄나 잘못이 없어져서 하는 행위가 아닙니다.
침대에 누워 자고 있는 아이에게
포근한 이불을 가져다 덮어 주는 것처럼,
자리에 있던 존재나 과거의 행위는
그대로임을 전제합니다.

여러분은 타인이 아닌 자신을
용서해야겠다고 생각해 본 적이 있으신가요?
특별한 잘못을 해서가 아니라,
열심히 살아온 나를 함부로 대했던 것에 대해
마음을 들여다보지 않고 방치한 것에 대해
잘했다 애썼다, 위로의 말을 건네지 않은 것에 대해 말이죠.
이제 우리는
텅 비어 있던 과거의 내 마음을 들여다봐야 합니다.
그리고 그 마음을 이제 알아차렸다는 것을 지금 나에게
용서를 구해야 합니다.
그때의 나는, 얼마나 힘들고 외로웠을까요?
슬프고 미안한 감정, 충분히 느끼시면서
글로 어루만져 주세요.
여러분은 소중합니다.

세월, 약 맞네

서혜주

그 날, 5개의 우산이 집을 나갔다 돌아온 건 4개
다음 날도 그 다음 날도

걱정, 불안, 그러다 어이없음
112와 누나에게 전화
기억 속에 더욱 선명해지는
다 알고 있으면서 더욱 냉정하였던 그 목소리

나만 뺀 그들만의 작당모의였음이
이후의 10년 세월을 어떻게 말로 다 할까

문득 드는 마음
애들 크는 거 잠시인데, 이 순간을 곁에서 못 보고
불쌍하고 안타깝다
온전히 내가 다 누리리라
복 있고 책임감 있는 내가

이해 불가가 서서히 옅어지며
오죽 했으면 그랬을까로
행복 찾아 그랬겠지로 자리바꿈하기까지
다소간의 시간이 필요했다

10년
마음도 생각도 큰다
세월, 약 맞네

4장. 용서 : 텅 빈 마음이 드러난 나를 덮어주기

2.
안도하며 떠나보낸다

위혜정

매섭게 휘몰아치는 차디찬 세상

'난 왜 이 모양일까?'

무한 반복되는 내면의 소리

허우적댈 뿐 빠져나올 수 없었던 좌절의 수렁

딱 끊어내고 싶었다

나라는 존재까지도 함께

효율과 기능이 판치는 세상

존재의 쓸모를 따지며 스스로를 잔인하게 칼질했던

23세의 지독한 청년 앓이

도려낼 뻔한 내 청춘

연장된 선로에 태워 재시동을 걸었다

이정표 없던 인생 노선에서

혼자 길 찾느라 고생했다

상처 투성이었던 젊은 너는

앓이 외에 무엇을 할 수 있었으랴

아프니까 청춘이지

사방을 둘러싸고 있는 벽 어딘가에도 틈새가 있다

깜깜한 터널 속에도 빛줄기는 새어 나온다

은밀하게 곪아버린 23세의 한 켠

이제는 낯설다

그래서 안도하며 떠나보낸다

"괜찮아, 난 널 믿어."

김미정

'툭'

내 마음이 떨어진다

점점 아득하게 들리는 말소리

아닐 거야 아닐 거야 아닐 거야…

사람 빠져나간 빈 의자에 앉아

혼자, 대화를 한다

'좌르르르'

5년의 시간이 파노라마로 스쳐간다

나는 너를 믿어

세상에서 가장 슬픈 말

나는 언제 바닥에 닿을 수 있을까

믿는다는 말의 허울을 너무 늦게 알았다

진짜와 가짜를 구별하는 법

나만 몰랐나보다

홀로 표류했던 외로운 섬을

살포시 껴안아준다

그럴 수 있다고

누구나 그럴 수 있다고

그 시간을 묵묵하게 살아낸 너에게

"괜찮아, 난 널 믿어."

4장. 용서 : 텅 빈 마음이 드러난 나를 덮어주기

4.

노을빛과 아이스크림

김수지

집의 적막함이 아이를 덮친다

밖에서는 요란한 차 경적 소리가 들리고

빨간 노을빛은 안 그래도 더운 집안을 더 달군다

허기를 느껴 아이스크림을 하나 베어문다

달콤한 맛에 외로움도 살짝 녹아내린다

따뜻한 엄마의 반김이 안 고플 리 없다
어른들의 무관심 속에서
똑딱똑딱 흘러가는 시계만 바라보는 아이는 무슨 생각일까
철 지난 인형으로 시간을 때우는 아이는 무슨 기분일까

시간이 흘러 아이는 엄마가 되었다
그녀는 자신의 아이를 안으며 읊조린다
널 외롭게 하지 않을게

외롭다는 표현조차 모를 때 짊어졌던 영문 모를 외로움
아직도 무엇이라 이름을 붙일 순 없지만
그녀는 이제 용서하고 싶다

노을빛 속 혼자 앉아 있는 그 시절 아이 이마에
서늘한 입맞춤을 한다
노을빛처럼 빨간 외로움이 식어간다

4장. 용서 : 텅 빈 마음이 드러난 나를 덮어주기

나에게 사과를 하셨다

김태은

아프다는 핑계로 설거지가 하기 싫었다

나보다 훨씬 엄마가 편찮으신데

게을렀던 어린 난 집안일을 돕고 싶지 않았다

일을 다녀오시면 늘 집안 정돈이 안 되어 있는 모습을 보시고 화를 내

시던 아빠

장녀였던 내가 도와주지 않는다고 무척 화내시던 모습

마지못해 하기 싫은 설거지를 하다가 난

기억이 희미해졌고

옷이 젖었음을 느꼈지만

마음처럼 몸이 움직이지 않았다

아빠는 쓰러진 나의 모습을 보고

"쇼하지 말고 일어나 마저 설거지해!" 화를 내셨다

5년 전 아빠는 뇌경색과 뇌졸증으로 쓰러지셨다

마음처럼 팔 다리가 움직이지 않으니

간호하는 가족들과 의료진에게도 화를 내셨다

아빠는 편찮으신 후로 아픈 딸의 마음을 아셨나 보다

"딸아, 아빠가 너의 아픔을 이해 못하고 잘해주지 못해 미안하다. 용서

해 주겠니?" 나에게 사과를 하셨다

엄하셨던 아빠 무서웠던 아빠

이제는 아픈 나를 걱정 해주시는 자상한 아빠로 변하셨다

저도 걱정을 끼쳐서 죄송해요

그리고 사랑해요

6.
어린 소녀를 꼭 안아주며

황선희

옷 속 가득 살을 에는 듯한 추위

여기저기서 숨죽였던 울음소리

무기력한 소녀의 마음은

갈 곳 잃은 어린양을 닮았다

어디에도 마음 둘 곳 없던 열세 살 소녀와

자식 잃은 아비의 마음에

산산이 깨진 유리잔 파편이 꽂혔다

죽음이란 것을 처음으로 접했던 소녀는
상실의 아픔과 혼란 속에서
아무것도 할 수 없었던 자신을 미워했다

마음가득 수치심과 원망으로 가두었던
지난날의 아픈 기억 속에서 이제 풀어주려 한다
자유와 평안함을 얻고 세상을 향해 나아갈 수 있길 바라며
어린 소녀를 꼭 안아주며 용서하고 싶다

친정 가는 길

한효원

한낮의 뜨거운 열기가 고스란히 남았다

여름밤 축축한 습기

익숙한 풀냄새

그리고 풀벌레 소리

희미한 달빛만이 비추는 길

주인을 잃은 작은 오솔길

오롯이 남아있는

고장나버린 야속한 가로등

어둠 속 희미한 당신의 뒷모습

얼굴을 타고 흐르는 뜨거운 열기

후회만이 가득한 길

괜찮다 괜찮다 미움도 원망도

후회로 남는 날들도

그저 흘려보내자

당신을 미워한 시간이

나를 미워한 시간이었음을

이제는 다 용서하자

4장. 용서 : 텅 빈 마음이 드러난 나를 덮어주기

마치 아무 일도 없었던 것처럼

전숙향

집 밖으로 스며 나오는 따스한 불빛

어둠 속을 서성이며 집 주위를 빙빙 돌고 있는 나

그 불빛을 바라보던 눈가에 이슬이 맺힌다

혼자 지구에 떨어진 유성이 이런 맘이었을까

'우리 엄마, 친엄마 맞는 걸까?'

그때 난, 밤늦도록 불 밝히고 기다리는 엄마보다

"왜 그러고 있니? 어서 들어가!" 하며 등 떠밀어주는 손길이 더 필요

했다

누군가 그래 주었더라면, 마치 불나방처럼 빨려 들어갔을 텐데

어둠 속을 타박타박

마지못한 발걸음은 친구 네로 향하고

"너, 또 밥 태워서 쫓겨 났구나?" 듣고도 못 들은 척

친구 옆에 살포시 모로 눕는다

그리고, 언젠가 어렴풋이 잠결에 들었던 엄마의 혼자 말을 기억해 낸다

"에구 이것아, 도망을 가지. 그 매를 다 맞고 있냐?"

멍이 든 내 종아리를 쓰다듬어 주던 솜털 같은 손길을 꿈결 속에 끌어 안으며

'아, 우리 엄마, 친엄마 맞구나!'

찬란하게 떠오르는 태양을 안고 당당히 들어가는 꿈을 꾼다

마치 아무 일도 없었던 것처럼

서러움과 연민이 가득했던 12살의 항아리를 비워내고 씻어준다

"이제, 괜찮아. 네 잘못이 아니야."

"내가, 널 용서했단다."

내가 나에게 하는 말

권인선

목 늘어난 네 런닝이 오늘따라 거슬린다

불만 가득한 말로 비수를 꽂는 네 입이 보기 싫다

나는 식탁 의자 깊숙이 앉아 무릎을 껴안고

멍하니 앉아있다

아파트 안내방송은 속절없이 흘러나오고

식탁 위 제라늄은 주황빛 환한 얼굴로 웃고 있구나

나는 억울했나 보다

내가 들인 노력에도 내가 쏟은 시간에도

나아지지 않은 너의 모습이

나는 두려웠나 보다

이렇게 너만 보다 나를 잃을까 봐

나는 시작해야 했다

다시 내 이름을 찾고 싶었다

그만하면 됐다

할 만큼 했다

그동안 애쓴 나에게 내가 해주는 말

이제 너도 네 인생을 찾아라

네 이름 떨칠 네 일을 하여라

나의 길을 찾는 나에게 내가 해주는 말

바로 지금이 너야

유선아

괜찮아-
바로지금이
너야-

사부작 사부작

휴일엔 어김없이 김밥 20줄을 싼다

나의 수고와 정성을

언제든 누르면 나오는 자판기로 치부되었다

모두 재미있다고 웃지만

김밥 속 터진 것처럼 볼품없어지는 내 모습이 처량하다

네가 소리 내어 말할 자리가 아니기에

속으로 삭혀야 했었지

너의 수고로운 마음을 귀하게 여겨주고 싶구나!
힘껏 안아주고 싶구나!
한 사람의 인정과 감사를 바랬을 뿐인데

공허한 마음과 원함을 내뱉지 못하고
관리 안 된 표정과 묵언이라는 수동공격으로
미성숙한 모습을 보인 너를 탓하지 않을 거야

그 행동이 너의 전부인 것 마냥 평가되었겠지만
진심은 내가 알고 신이 알 것이다
이제는 마음의 언어를 꺼내어
내보일 수 있는 지금의 네가 있잖니?

괜찮아
바로 지금이 너야
이 말 한마디로 잊어본다

4장. 용서 : 텅 빈 마음이 드러난 나를 덮어주기

나를 이루던 조각을 찾아 나서는 길

이수아

메뉴판 안에 있는 갖가지 음식들
무얼 골라야 할지 몰라 들여다만 본다

내가 좋아하던 음식이 기억나질 않아
아련함을 머금은 미소만 지을 뿐

어느새 훌쩍 커버린 두 아이
한 그릇씩 차지하고 앉았는데
엄마라는 자리에 나는 없었다

텅 빈 마음이 귓가에 속삭이는 말
'엄마로 아내로 사느라 너를 잊고 살았어.'

발길 닿는 데로 걷다가 만난 한 권의 책
나를 이대로 내버려 두지 않기로 했다

난독증을 극복하는데 필요한 건 300시간
펜을 그러쥐고 내 이름 세 글자를 써 넣는다

지워져 가는지도 모른 채 살아온 세월을 거슬러
나를 이루던 조각들을 찾아 나서는 길
박명을 마주해야지만 감각할 수 있는 안온함
그 속에서 점점 나는 선명해 진다

그럴 수 있지

이고은

인생을 살아오면서 실수 한 번 안 해본 사람이 있을까?
인생을 살아오면서 후회 한 번 안 해본 사람이 있을까?

살다 보면 시간을 되돌리고 싶은 경우가 한 번쯤은
있을 것이다

아빠의 마음을 몰라주었던 어린 시절
엄마의 마음을 아프게 했던 사춘기 시절

친구의 마음을 이해할 수 없었던 학창 시절
남편의 마음을 알아주지 못해 속상했던 신혼 시절
나로 살아가지 못하고 지낸 30년 세월

모두 되돌리고 싶다

아빠의 마음을 알아주고 싶고
엄마의 마음을 기쁘고 행복하게만 해드리고 싶고
친구의 마음을 이해하고
남편의 마음도 헤아려주며
나로도 잘 살고 싶다

그러나 시간은 되돌릴 수 없지 않은가

지난 세월 후회하며 사는 것을 그만두기로 했다
나는 철없던 시절의 나를 용서하려 한다

그래, 그럴 수 있지
이제, 다시 시작하면 되지

4장. 용서 : 텅 빈 마음이 드러난 나를 덮어주기

그것으로 완성되다

백미정

임신한 엄마의 뒷모습

반바지와 샌들의 허름함이 얄밉다

차들이 지나간다

두 개의 산이 엄마 앞을 버티고 섰다

산의 위엄 또한 얄밉다

바람은 불었던가

엄마의 처량함에

어리고 약했던 니가

무얼 할 수 있었을까

얼마나 외롭고 힘들었을까

그런 너를 돌봐주지 못했던

나의 짜증은 그때의 너보다 더 약했다

열다섯 살의 미정이에게 용서를 구하지 말아라

마흔 두 살 미정이에게 용서를 구해라

어린 미정이는 용서를 모른단다

불안에 떨고 있는 그 아이를

더 이상 괴롭히지 말기를

지금의 미정이가 용서를 맡게 되기를

미안함과 평안함

그것으로 용서를 완성한다

내가 생각하는 용서란

이정숙

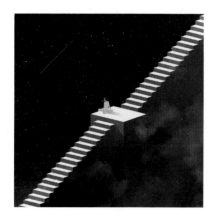

커다란 보따리를 이고
100층짜리 계단을 올라가고 있었던
나를 알아차렸다

이제 그만 짐을 내려놓아야겠다
사뿐사뿐 춤추듯이 올라갈 수 있음을
나는 알아차렸다

몸과 마음을 가볍게 하고도
계단을 올라갈 수 있다

100층 계단이 문제가 아니다
그 계단을 문제로 보고 있던
내 마음의 짐들이 문제였다

내려놓을 건 내려 놓고
내가 가야 할 길을 가자

신나는 음악이 들린다

5장. 글

: 이야기는 곧 우리다

깊은 맛을 내고 싶었던 된장찌개에게 고추장은
"너 혼자 되겠니?"라고 거드름을 피웁니다.
깊고 좋은 글을 쓰고 싶어 하는 작가님께
온갖 미사여구들이 유혹을 하는 거죠.

나폴나폴 날고 있는 나비에게
하늘이 제 것인 듯 훨훨 날던 새가 말합니다.
"너, 나처럼 날 수 있어?"
나만의 스타일로 행복하게 글을 쓰고 있는 작가님께
거드름을 피우며 누군가 한 마디 하는 겁니다.

편안한 땅 속 세상을 거부하고
새로운 세상을 향해 나아가려는 새싹을 흘겨보는 다른 새싹들.
"그냥 편하게 좀 살아. 위험할 수도 있어."
다양한 글쓰기 세계를 경험하고 싶은 작가님께
지인들은 생긴 대로 살라고 핀잔을 줍니다.

글 쓰는 작가로 살면서
누구나 한 번 즈음 겪게 되는 고민들을 동화로 써 보았습니다.
된장찌개는 어떤 깨달음을 얻게 되었는지,
나비는 새에게 어떤 말을 해 주었는지,
새싹은 어떤 행동을 선택하게 되었는지,
어린 아이와 같은 마음이 되어
상상의 나라로 출발해 볼까요?

스스로를 좋아할 수 있게

김미정

진주 금산면 행복초등학교 1학년 2반. 아이들이 모두 돌아가자 오늘도 색연필들은 자기가 최고라고 뽐내기 시작합니다.

"얘들아, 우리 반 상록이가 로봇 색칠할 때 빨강이 최고라고 했어." 언제나 제일 먼저 뽐내는 건 열정적인 빨강입니다.

"최고는 바로 나야. 아이들 그림에서 절대 빠지지 않는 게 예쁜 노랑 해님이라는 걸 모르니?" 새침한 노랑이도 지지 않고 말합니다.

"무슨 소리, 가장 많이 사랑받는 건 바로 나! 초록이야. 세모, 동그라미 나무는 모두 나로 색칠한단 말이지." 평소에는 차분한 초록이도 오늘은 흥분해서 말합니다. 아마도 오늘 미술 주제가 식목일 그리기여서 더 신이 났나 봐요.

수십 개의 색연필들이 저마다 뽐내느라 1학년 2반이 시끌벅적합니다. 단 한 친구를 빼고 말이에요. 바로 무지개 색연필입니다.

오늘도 무지개 색연필은 휴우, 한숨만 내쉽니다.

'나도 빨강이었으면 좋겠다. 나도 로봇 좋아하는 데 말이야. 다들 저렇게 자기 색이 분명한데 왜, 왜, 왜, 나만 빨강, 주황, 파랑 여러 색이 섞여 있을까?' 무지개 색연필은 눈물이 나고 어디론가 숨고 싶습니다.

순간, 오늘 미술 시간에 민성이와 은지가 주고받던 말이 생각납니다.

"에, 검정인 줄 알았는데 무지개색이잖아."

"민성아, 나도 지난번에 그랬어. 일단 급해서 썼는데 갑자기 다른 색이 나오지 뭐야. 그래서 그 뒤로는 잘 안 써." 무지개 색연필은 얼굴이 빨개집니다.

'다들 날 싫어하는 것 같아. 나는 쓸모없는 무지개 색연필이야. 그냥 어디로든 사라져 버렸으면 좋겠어. 아무도 날 볼 수 없게.'

금빛 해님이 다시 떠올랐습니다. 삼삼오오 아이들이 교실로 도착했지요. 색연필 친구들은 2교시에 있을 미술시간을 기다렸어요. 저마다 누군가의 멋진 그림에 또 등장하고 싶었거든요.

'제발, 제발, 제발.' 오직 무지개 색연필만 시간이 멈췄으면 했답니다. 2교시가 되자 아이들이 색칠도구함 앞으로 몰려들었어요. 아이들은 각자 좋아하는 색연필을 골라갔어요. 무지개 색연필은 아무도 선택하지 않았어요.

5장. 글 : 이야기는 곧 우리다

그런데 이게 웬일일까요? 좀 전에 빨강을 들고 갔던 상록이가 다시 와서 무지개 색연필을 집어 올립니다.

'어라? 상록이가 왜 나를 선택했지?' 무지개 색연필은 가슴이 뛸 듯이 기뻤다가 다시 걱정이 되었어요. 혹시 자기를 썼다가 은지처럼 실망할까 봐 말이에요.

1-2반 공식 미술가, 상록이가 무지개 색연필을 가져오자 짝지 은지가 말했어요.

"상록아, 그거 쓰지 마. 내가 써봤는데 노랑에서 갑자기 녹색이 나와서 그림 망쳤어." 순간 무지개 색연필은 눈앞이 캄캄해지는 것 같았어요. 부끄러워서 어디든 숨고 싶었지만 꼼짝도 할 수가 없었어요.

그런데 그때, 상록이가 다정한 목소리로 말했어요.

"엄마가 문구점에서 사오셨는데 처음에는 나도 이상했어. 그런데 무지개 색연필로 로봇을 그리니까 신비로워지더라. 마치 내 로봇이 빛을 받는 것처럼 말이야."

"신비롭다고? 상록아, 너 다 쓰고 나도 빌려줄래?"

그날 밤 무지개 색연필은 상록이의 말을 생각하며 처음으로 가슴이 따뜻해졌어요. 또 은지가 일곱 색깔 튤립 꽃을 그리며 기뻐하는 모습도 떠올랐지요. 이제까지 슬퍼했던 마음이 다 사라지는 것 같았어요.

그 자리에는 또 다른 기쁨의 마음이 싹트기 시작했어요.

"난 이제까지 다른 친구들의 색깔만 부러워했던 것 같아. 내가 누구인지, 어떤 색을 가졌는지 제대로 보지 못하고 말이야. 상록아, 은지야, 내가 나를 좋아할 수 있게 도와줘서 고마워."

무지개 색연필은 아직도 가끔 열정적인 빨강이가 부럽습니다. 하지만 가장 좋아하는 색을 고르라면 바로 무지개 색이랍니다. 가장 소중한 건 바로 자신이라는 걸 알았거든요.

인생의 여행길에서 때때로 내가 누구인지, 무엇을 할 수 있는지 의심되고 헷갈릴 때가 있습니다. 내 글이 무지개 색깔처럼 당신 스스로를 좋아할 수 있게 도와 드릴 겁니다. 지금 그대로의 당신을 말이에요.

5장. 글 : 이야기는 곧 우리다

무엇이든 깊이가 있으려면

이수아

뚝배기는 우리의 수영장이에요. 된장이 풀어진 물속을 누비며 신나게 수영을 해요. 두부, 애호박, 감자, 버섯은 자기만의 영법을 뽐내다 깊은 맛을 내기 위해 서로 손을 잡아요. 그러던 중 고추장이 찾아왔어요.

"깊은 맛을 내려면 칼칼함이 필요해. 너희들이 아무리 어우러져 깊은 맛을 내려고 해도 된장만으로는 불가능해!"

충격에 휩싸인 재료들은 머리를 맞대고 고민하기 시작했어요. 아무리 고민해도 어떻게 해야 할지 모르자 두부가 갑자기 울음을 터뜨렸어요. 두부의 울음소리에 잠에서 깨어난 뚝배기가 굵직한 목소리로 왜 울고 있는지 물었어요.

"깊은 맛을 내려면 고추장을 추가해야 하는데 된장의 고유한 맛이 사라질까 봐 걱정돼."

뚝배기는 호탕하게 웃으며 말했어요.

"여러 가지 장을 섞는다고 해서 깊은 맛이 나는 건 아니야. 깊은 맛을 내려면 뚝배기 안에서 된장찌개를 오래 끓여야 하지."

그제야 두부가 울음을 그쳤어요. 옆에 있던 감자가 손뼉을 치며 말했어요.

"뚝배기 말이 맞아. 무엇이든 깊이가 있으려면 한 가지를 우직하게 지속해야 하는 거였어."

글에 미사여구 같은 다른 양념을 첨가하지 않아도, 끓는점에 도달할 때까지 지난한 시간을 견디며 묵묵히 쓰다 보면, 결국 언젠가는 나만의 언어를 찾고 사유와 통찰을 담을 수 있을 것이다. 그 속에 나만의 정서가 더해지면 글이 깊어질 거라는 걸 더는 의심하지 않는다.

내 글이 된장찌개처럼 깊은 맛으로 기억되면 좋겠다.

3.

아침의 태양처럼

홍미진

땡땡땡땡땡!

커다란 자명종 소리가 아침을 알렸어요. 자리에서 벌떡 일어나 기분 좋게 하루를 시작해요. 눈물을 흘리며 잠이 들었든, 무서운 꿈을 꾸었든, 다음 날 아침은 무엇이든 새롭게 시작할 수 있어요.

그런데 이상해요. 아침이 됐어도 기분 좋게 시작할 수가 없어요. 모두가 조용히 잠든 밤에 혼자서 하고 싶은 게 너무 많았거든요. 재미난 TV도 보고, 동영상도 보고, 배고파서 맛있는 배달 음식도 시켜 먹고, 읽고 싶은 책도 읽고, 글도 쓰고, 깜박했던 일도 하고 말이에요.

그래서 하루를 꼴딱 새버렸어요. 너무 피곤하고 힘들었어요. 온종일 비몽사몽 보냈어요.

너무 많은 걸 한꺼번에 하려고 하다가 다음 날 제대로 할 수 있는 게 없었어요.
'TV와 동영상을 조금만 볼걸, 배달 음식을 시키지 말걸, 책을 조금만 읽을 걸, 글은 미리 쓸걸.' 후회가 한없이 밀려 왔어요.

밤에 잘 자야 아침을 기분 좋게 시작할 수 있구나!
밤에 잘 자려면 중요한 걸 미리미리 해야 하는구나!

이제 나는, 좋은 습관으로 좋은 글을 써서, 많은 사람들에게 아침의 태양처럼 에너지를 선물해 주는 사람이 되고 싶어요.

새싹을 안아 주었어요

황선희

아무것도 없는 황량한 벌판에 씨앗 하나가 떨어졌어요.

바람을 타고 왔는지 새가 떨어트린 건지 알 수 없지만, 씨앗은 비와 바람 따뜻한 햇살을 받으며 땅 밖으로 기지개를 폈어요.

"아, 상쾌해!" 씨앗은 어느새 예쁜 새싹이 되었어요.

"왜 아무도 안 보이지?" 새싹은 아무도 없는 넓은 땅을 보며 외로움을 느꼈어요. 그리고 이내, 무서워 졌습니다.

새싹의 마음을 알았을까요? 또 다른 친구가 기지개를 피며 인사했어요.

"안녕?" 어느새 벌판은 새싹 친구들로 북적댔어요. 새싹은 친구들이 생기니 행복했어요.

하지만 이내 새싹은 친구들을 질투하기 시작했어요.

"어? 쟤가 나보다 크네."

"내 색깔 보다 더 예쁘잖아?"

"나보다 말을 잘 하네."

결국 새싹은 마음의 병이 생기기 시작했어요. 말수도 줄어들고, 색깔도 누렇게 변하더니 시들시들 힘이 없어졌어요. 친구들의 걱정스런 말에도 퉁명스럽게 대답했어요.

'친구가 생기고 외롭지 않게 되었는데 왜 이렇게 힘든 거지?' 새싹은 어떻게 해야 마음이 평화로울 수 있을지 곰곰이 생각해 보았어요.

친구들과 다른 모습을 인정하고 자신만의 색깔과 잘 하는 부분을 생각 해 보았어요. 친구들의 말을 잘 들어주고 어려운 일이 있을 때에는 도와 주었던 지난날이 떠올랐어요. 그런 새싹을 잘 따라주었던 친구들의 웃는 모습이 마음속에 꽉 차게 되었어요.

새싹은 남과 비교하며 괴로워하지 말아야 함을 깨닫게 되었지요. 새싹 은 용기 내어 친구들에게 말했어요.

"친구들아, 그동안 미안했어. 나와 같이 해 줄래?"

친구들 모두 고개를 크게 끄덕이며, 새싹을 안아 주었어요.

새싹은 모든 것은 마음의 문제임을 깨닫게 되었어요. 전처럼 새싹은 자신의 색깔인 눈부신 초록색을 띠며 건강하게 성장했답니다.

내 글은 오직 하나뿐인 새싹처럼, 나만의 장점을 찾아 자신을 당당하 게 표현할 수 있는 희망의 메시지를 전하게 될 거예요.

5장. 글 : 이야기는 곧 우리다

내 글은 산들바람처럼

위 혜 정

산과 들을 누비던 아기 바람은 태풍 아저씨가 부러웠어요. 빠르게 빙글빙글 도는 강풍이 되고 싶은 마음이 간절했죠. 어느 날 아빠가 말했어요.

"넓은 바다로 가렴. 하늘 높이 올라가면 돼." 엄마가 걱정스레 한 마디 거듭니다.

"얘야, 하늘만 보고 오르면 절대 안 돼. 아래를 꼭 살피면서 날아야 해." 아기 바람은 콩닥거리는 마음을 안고 바다로 향했어요.

그때 꼬마 물방울이 말을 걸어요.

"같이 위로 올라갈래?" 아기 바람은 꼬마 물방울의 뜨거운 손을 덥썩 잡았어요.

"우와, 최고다!" 옆에 있던 물방울들이 줄지어 아기 바람의 등에 올라 타며 외쳤어요. 신이 난 아기 바람은 쉬지 않고 위로 올라갔어요. 높이 오를수록 몸이 더 가벼워지고 빨라졌죠.

"와! 너처럼 강한 바람은 처음 봐!" 천둥이 큰 소리로 말해요. 번쩍이는 왕관을 머리에 씌워주며 번개가 엄지를 치켜 세웠어요. 어느새 거대한 구름이 된 아기 물방울들도 비를 퍼부으며 태풍이 된 아기 바람을 축하했어요.

"야호!" 아기 바람은 세상을 다 가진 것처럼 기뻤어요. 힘차게 빙글빙글 돌자 천둥, 번개, 구름, 비 친구들이 환호성을 지르며 따라갑니다.

"얘들아! 이제 우리 집으로 놀러 갈까?" 아기 바람은 고향의 산과 들을 생각하며 아래를 가리켰어요. 그런데, 어떡하면 좋아요? 온 세상이 쑥대밭이 되어있는 것이 아니겠어요? 태풍이 되어 난장판을 치고 있었던 사실을 아기 바람은 이제야 알게 되었죠. 불현듯, 엄마가 걱정스레 했던 말이 떠올랐어요.

'아래를 꼭 살피며 날아야 해!'

5장. 글 : 이야기는 곧 우리다

아기 바람은 어찌할 바를 몰랐어요. 미안함과 무서운 마음이 들어 그만 "앙!" 하고 울음을 터트렸답니다. 눈물은 그칠 줄을 몰랐어요. 한참을 울던 아기 바람은 보드라운 토닥임을 느꼈어요. 눈을 떠보니 아빠, 엄마가 빙그레 웃고 있어요. 무거운 눈물 때문에 아기 바람이 아래로 끌어 내려졌던 거예요.

"얘야, 무서웠지? 걱정 마. 넌 이제 산들바람이야. 얼른 집으로 가자."

땅으로 내려온 아기 바람은 높은 하늘에서는 보지 못했던 세상이 보이기 시작했어요. 작지만 너무 소중했죠. 열심히 땀방울이 맺힌 사람들의 이마를 닦아 주었어요. 민들레의 꽃씨를 '후~'하고 불어 싹을 틔우기도 했지요. 까르르 웃으며 따라오는 아기를 위해 살랑살랑 나뭇잎을 태우고 날아가요.

아기 바람은 이제 태풍이 부럽지 않아요. 강하진 않아도 기분 좋은 흔적을 남길 수 있는 산들바람이 된 것이 자랑스러워 졌어요. 오늘도 아기 바람은 은은한 행복의 여운을 여기저기 배달하고 있답니다.

내 글은 산들바람처럼, 멈추어야 할 때와 가야 할 때, 도움을 주어야 할 때와 거두어야 할 때를 아는 지혜로움으로 많은 사람들에게 평범한 행복을 전해주는 선선함을 닮아 있을 거예요.

주안이와 나비

전숙향

어느 봄날, 나폴나폴 하얀 나비 한 마리가 꽃밭에 날아왔어요. 할머니 손을 잡고 아장아장 걸어 나온 주안이와 마치 약속이나 한 것처럼, 서로를 마주 보았어요.

"나비야, 넌 어디서 날아왔니?" 주안이가 나비에게 다정하게 물었어요.

"응, 난 저기 아지랑이 나라에서 왔어. 여기 있는 노란색 꽃이 빨리 오라고 하지 뭐야. 저기 있는 분홍색 꽃, 빨간색 꽃에도 가봐야 해. 혼자 있는 꽃들이 심심할까 봐 내가 가서 놀아 주려고." 나비는 날갯짓을 열심히 하며 대답했어요. 그리고 이어서 수줍은 목소리로 말했어요.

"여기 있는 꽃들이 예쁘게 필 수 있도록 내가 도와주고 있단다." 나비는 가장 키가 큰 하얀 꽃 위에 앉았어요.

주안이는 나비를 따라잡아보려다 휘청거렸어요. 그리고 부러운 눈빛과 함께 말했어요.

"나비야, 나도 너처럼 날아다니고 싶어. 하지만 나는 지금 빨리 걷기도 힘이 든단다."

그러자 나비는 주안이 앞으로 다가왔어요. 그동안 한 번도 보여주지 않았던 아름다운 날갯짓과 함께 주안이에게 답했어요.

"아니야, 너도 이제 제법 잘 걸어 다니는걸? 지난겨울에는 뒤뚱뒤뚱 겨우 걸어 다녔는데 말이야."

그때 갑자기, 저 멀리 파란 하늘을 날고 있던 새 한 마리가 나비와 주안이를 찾아왔어요. 그리고 보란 듯이 나비 주변을 한 바퀴 빙 돌더니 말했어요.

"넌, 나처럼 날 수 있어?" 뾰족한 가시를 닮은 말이었지요. 하지만, 나비는 솜털 같은 목소리로 대답했어요.

"난, 너처럼 멀리 높이 날 수는 없지만, 이 꽃들에겐 내가 필요해. 그리고 주안이와 친구가 되어서 편안하게 이야기할 수 있어서 더 좋아."

주안이가 두 눈을 찡긋 감더니 기쁠 때 내는 소리를 냈어요. 그리고 작은 손바닥으로 마구마구 손뼉을 쳤답니다. 나비의 멋진 대답을 듣고 자신이 나비의 친구였다는 사실을 알고는 행복했어요.

새는 아무 말 없이 다시 하늘로 날아갔어요. 어쩌면, 주안이와 나비의 우정이 부러웠는지도 모르겠어요.

내 글은 나비처럼, 나의 위치에서 당당한 모습으로 최선을 다하며, 내가 도와줄 수 있는 독자에게 집중하며 독자의 꿈을 꽃피우는데 도움이 되어줄 거예요.

5장. 글 : 이야기는 곧 우리다

비빔밥? 그게 뭐야?

김지혜

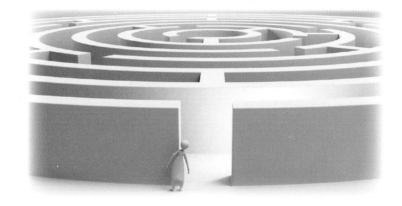

안녕? 나는 쌀이라고 해.

나에게는 하나의 꿈이 있어. 그것은 윤기가 흐르고 적당한 찰기가 있는 밥이 되는 거야. 햇빛 아주머니가 나를 따뜻하게 비춰주고, 가끔 들르는 비 친구가 내 몸을 적셔주면서 살이 붙고 키가 커지게 되었어. 드디어 내 몸에 붙어있는 옷들이 벗겨지며 뽀얀 속살이 드러나던 날! 나는 그토록 기다리던 밥솥 할아버지를 만나게 되었지.

할아버지를 만난다는 것은 나의 꿈이 이루어진다는 뜻이었어. 잔뜩 기대에 부푼 나를 보며 밥솥 할아버지는 물으셨어.

"쌀아, 너는 어떤 밥이 되고 싶으냐?" 그 말을 들은 나는 눈을 동그랗게 뜨고 답했어.

"이 곳에서 밥이 되면 끝나는 거 아니에요?"

"쌀아, 밥이 되는 것은 끝이 아니라 시작이란다." 할아버지는 말씀하셨어.

비 친구가 무지하게 화를 냈던 어느 날이 떠올랐어. 그 날 비는 바람 아주머니와 천둥번개 삼촌까지 데려 와서는 우리에게 쉬지 않고 물을 뿌려댔어. 어둡게 만든 하늘과 무서운 소리로 겁을 주기도 했지.

그날 밤 나는 너무 슬펐어. 이대로 떨어지면 밥이 되지 못할 것 같았거든. 나는 팔과 다리에 안간힘을 주었어. 기운이 다 빠져가던 그제야 모든 것이 잠잠해졌어. 그날 이후 다시는 이런 일이 일어나지 않을 것 같았는데, 이게 끝이 아니었어.

오늘은 내 평생 기다리고 기대하던 날이라고. 그런데 다시 시작이라고? 이제 나는 어떻게 해야 할까?

슬퍼하는 나에게 밥솥 할아버지는 질문을 하셨어.

"네가 이곳을 떠날 마음이 있느냐? 혹시, 다른 친구들을 만나고 싶다면 음식 나라에 가는 방법을 알려주마."

밥을 기다리는 친구들이 있는 음식 나라? 나는 마구 심장이 뛰었어. 나에게 새로운 꿈이 생긴 거야! 망설이지 않고 할아버지에게 그 길을 알려달라고 했어.

"음식 나라에 가는 방법은 딱 하나! 밥솥을 떠날 수 있는 용기를 가지는 거야!" 할아버지가 가르쳐 주신 방법, '용기'를 가지기로 선택했어.

막상 이 곳을 떠나려니 두렵고 무서웠지만, 나는 음식 나라로 가는 여행을 시작했어. 차갑고 번쩍번쩍 빛이 나는 길을 한참동안 걸었어. 앞이 보이지 않는 길이었지. 그냥 포기할까 싶었어. 몇 번이나 주저앉았지. 그런데 왔던 길은 다시 돌아갈 수 없었어.

그렇게 나는 앞만 보며 계속 걸어갔어. 그런데 저 멀리, 주황색 옷을 입고 있는 당근이 보이는 거야. 그 친구는 내 몸을 아래위로 훑어보며 말했어.

"너는 누구야? 처음 보는 친구구나."

나를 보더니 노란 얼굴에 초록 신발을 신은 호박이, 하얗고 길쭉한 콩나물, 핑크빛 옷을 입은 생채, 초록 빛깔 상추, 노란 혹을 달고 있는 계란, 수줍음 많은 고추장까지 하나 둘 모이는 거야. 마지막으로 방앗간에 다녀와 고소한 냄새를 풍기는 참기름이 왔어.

　그 친구들은 환호성을 지르며 춤을 추기 시작했어. 그리고 흥분된 목소리로 말했지.

　"우리는 이제 비빔밥이 될 수 있어!" 비빔밥을 알지 못했던 나는 친구들에게 물었어.

　"비빔밥? 그게 뭐야?" 친구들은 환한 미소를 지으며 말했어.

　"비빔밥은 도전하는 밥과 기다림을 견디는 자들만이 될 수 있는 최고의 음식이란다."

　나는 그렇게 음식나라 최고의 음식이라 불리는 비빔밥이 되었단다.

　내 글 역시, 다양한 재료들과 어우러져 최고의 맛을 내는 비빔밥과 같이 꿈을 향한 용기와 도전, 경험이라는 재료를 버무려 사람들에게 감동을 주게 될 거야!

하늘을 닮은 여러분에게

유선아

　파란 하늘에 솜털처럼 새 하얀 구름들이 몽글몽글 무리지어 이야기꽃을 피우고 있습니다. 재미있는 이야기로 구름들이 몰려올 때면 파란 하늘을 새하얗게 뒤덮기도 한답니다.

　가끔씩, 하얀 구름을 시기 질투하는 먹구름이 쿵쾅쿵쾅! 굉음을 내며 나타나기도 합니다. 먹구름은 관심 받고 싶거든요. 친구들을 겁주며 주인공이 되어 보려 하지만 이내 집안으로 들어간 하얀 구름들과는 함께 놀지 못했어요.

먹구름은 보란 듯 더욱 더 성질을 부리며 사라집니다. 심술꾸러기 먹구름이 지나간 후엔 더 푸르고 더 맑아진 얼굴의 하늘이 반갑게 인사해요. 그리고, 서로를 위해 위로의 말을 건넨답니다.

"친구들아, 먹구름을 겁내지 말자! 갑자기 들이닥쳐 힘들 수도 있지만, 곧 물러나게 되어 있어. 먹구름이 지나가고 나면 우리는 더욱 하나 되어 드높아 지잖아."

이제, 여러분과 이야기를 나누어 볼까요?

하늘처럼 넓은 우리 인생에 간간이 찾아오는 먹구름 같은 시련이 나쁜 것만은 아니에요. 지금의 행복을 일깨워 주기도 하고, 더 큰 성찰을 가져다주는 기회가 되기도 하니까요.

내 인생의 파란하늘에 늘 감사하고 즐길 줄 알면 좋겠어요. 시커먼 먹구름이 드리울 때면 자기 자신을 되돌아보는 시간을 갖는 건 어떨까요?

아마도 먹구름은 파란 하늘 하얀 구름 뒤에서 흐뭇하게 미소 짓고 있을 거예요.

제 글이 먹구름 낀 삶에서 파란하늘을 꿈꾸며 애쓰는 여러분에게 작게나마 희망을 전해주는 하얀 구름이었으면 좋겠어요.

5장. 글 : 이야기는 곧 우리다

삐쮸의 바다, 그리고 초록섬

이지영

삐쮸는 작은 섬의 작은 꼬마 아이예요. 햇살이 밝게 비치면 황금처럼 반짝이는 모래사장과 에메랄드빛 바닷물로 감싸인, 초록섬의 유일한 아이지요.

끼룩끼룩 하얀 갈매기가 아침을 알려주면 삐쮸는 언제나 바다로 뛰어나갔어요. 바위틈 숨어있는 소라게와 인사하고, 송송송 떼 지어 다니는 물고기들을 잡으러 잠방잠방 뛰어다녀요. 하얗게 부서지는 파도가 삐쮸가 만든 모래성을 쓸어갔네요. 얄미운 파도 손끝을 따라가던 삐쮸가 생각했어요.

'저 멀리 깊은 바다 속에는 뭐가 있을까?'

삐쮸는 늘 궁금해 했죠. 삐쮸가 저 멀리 짙은 남색바다를 선망할 때마다 어른들은 말했어요. "꼭 가봐야겠니? 저 깊은 바다에는 두려운 무엇이 살고 있어. 아무도 그것을 본 적 없지만, 작고 작은 너 정도는 그냥 삼켜 버리고 말거야. 바다 속에는 너를 구해줄 누구도 없어."

하루, 이틀, 시간이 가면 갈수록 삐쮸의 머릿속은 남색 바다로 가득 찼어요. 입술은 바짝바짝 말라가고 윤기 나던 머리카락은 푸석해졌죠. 에메랄드 바닷물에 발만 담그고 참방거리기만 해서는 이 갈증이 해결될 것 같지 않았어요.

그 날도 삐쮸는 바닷가에 앉아 밀려가는 파도를 하염없이 보고 있었어요. 그 때였어요. 저 멀리 바다 위에 무언가 보였어요. 물방울이 바다위로 솟구쳐 올랐어요. 둥근 등에서 물을 쏘아 올리는 그것이 점점 가까워져왔어요.

"안녕, 너는 누구니?"

"나는 고래야."

저 깊은 바다색과 같은 옷을 입은 고래는 꼬리를 힘차게 흔들며 바다에서 뛰어올랐어요. 고래의 몸에서 튀어 오른 반짝이는 물방울이 삐쮸의 눈을 부시게 했어요.

"나랑 같이 내가 사는 곳에 가보지 않을래?" 삐쮸가 말하기도 전에 고래는 삐쮸의 맘을 알아챘나 봐요. 삐쮸는 머뭇머뭇하며 고래가 내민 등에 올라탔죠. 그토록 바라보기만 했던 깊은 남색바다에 아기고래와 함께 용기를 내어 들어갔어요.

실눈을 뜬 채 숨을 멈췄어요. 아무것도 보이지 않는 컴컴한 남색 어둠은 삐쮸를 두렵게 했죠. 삐쮸를 걱정하는 어른들의 목소리가 귓가에 들리는 것만 같았어요.

두려움에 가득찬 삐쮸의 몸은 점점 무거워졌어요. 어느 새, 아기고래 등에서 떨어져 나가 삐쮸는 점점 더 바다 속으로 가라앉았어요. 삐쮸는 두 눈을 꼬옥 감았어요. 눈물이 마구 날 것 같았거든요.

온몸을 누르는 남색 바다에 숨이 막혀올 무렵, 누군가 얼굴을 간질이는 느낌이 들었어요. 조심스레 눈을 떠보니 빨간 산호숲과 눈을 꿈뻑이는 바다거북, 무지개 물고기들이 삐쮸를 둘러싸고 있었어요. 진주조개들이 입을 딱딱 부딪히며 삐쮸에게 환영인사를 해주는 거예요.

"어서 와. 바다 나라에 온 걸 환영해."

"너는 참 귀엽게 생겼구나."

"걱정하지 마. 우리 모두, 좋은 친구란다."

바다 속 친구들의 따스한 말을 들은 삐쮸의 얼굴에 함박웃음이 떠올랐어요. 깊은 바다 속은 더 이상 남색어둠이 아니었어요. 삐쮸는 융단 같은 바닷물에 몸을 맡겼어요. 두둥실 두둥실 편안하게 누워 헤엄쳐 다녔어요. 바다친구들의 합창에 맞추어 문어와 손을 잡고 흐느적 춤추며 까르르 웃다보니 삐쮸의 마음은 기쁨으로 부풀어 올랐어요.

삐쮸는 생각했어요.

'이제 더 이상 두렵지 않아.'

삐쮸가 초록섬에 돌아가더라도 깊은 남색바다 속에서의 즐거운 웃음소리를 기억하겠지요? 그곳에서 만끽했던 자유도요.

저의 글은 삐쮸가 경험한 바다 속처럼, 무궁무진한 깊이와 넓이가 되어 여러분에게 또 다른 바다를 선물해 주고 싶어요. 그리고 그 미지의 바다는 초록섬인 우리의 현실과 연결되어, 현재와 미래를 잘 살아낼 수 있도록 도와줄 거예요.

과일과 야채들은 신이 났답니다

이정숙

매일 새벽시장에는 빨주노초파남보 무지개 빛깔을 닮은 과일과 야채들이 놀고 있어요.

어제는 줄무늬 수박이, 오늘은 노란 옷을 입은 참외가 인기 만점이랍니다. 새벽마다 새롭게 시장을 찾아온 과일과 야채들이 자기가 제일 예쁘다고 자랑을 해요.

그러던 어느 날, '회색'이라고 불리는, 정체 모를 무엇인가가 찾아 왔어요. 진짜 이름은 '의심'이었어요.

"야! 과일들, 야채들! 잘 들어. 너희들은 사람들의 건강을 도와주기에 턱없이 실력이 모자라. 영양실조 걸리게 할 거니? 그러니 너무 잘난 척 하지 마. 사람은 고기도 먹고 찌개도 먹어야 건강해지는 거야. 너희들의 화려한 색깔과 다양한 모양으로 사람들을 유혹하지 마!"

"사람들에게 도움이 되지 않는다고? 우리는 쓸모없는 것들이었어."

과일과 야채들은 풀이 죽어 점점 빛깔을 잃어 가더니 시름시름 앓게 되었어요. 그렇게 신나게 놀던 새벽시장도 회색빛으로 변해가는 것 같았 어요.

지루함이 계속되던 어느 날 과일과 야채들은 결심했어요.

"이대로는 안 되겠어! 우리 모두 죽게 생겼다고! 방법을 찾아야 해." 그리고 자신에게 질문을 던져 보았어요.

"세상 모든 사람이 우리를 좋아할 수는 없어도, 누군가에게는 힘이 되고 건강을 되찾아 주는 보약 같은 존재가 될 수 있지 않을까?"

질문에 대한 답을 찾기 위해 과일과 야채들은 다시 새벽시장으로 나가 게 되었어요.

"오늘따라 과일과 야채들이 싱싱하네. 한동안 과일과 야채들을 못 먹 어서 힘들었는데 말이야. 이제 좀 살 것 같아."

"당신, 꾸준히 과일과 야채를 먹을 때에는 정말 건강했어요. 요즈음 부 쩍 힘들어하던 모습을 보였는데, 이제 다시 건강을 찾게 되겠네요."

할머니, 할아버지 부부의 이야기를 듣고 과일과 야채들은 확실히 알게 되었어요. 어느 누군가에게 자신들은 소중함을 선물해 주고 있었다는 것을요.

'의심'에게 속았지만 깨달음을 얻은 과일과 야채들은 이제 매일 매일 신선하게 살아가고 있어요. 묵은지와 된장과도 사이좋게 지내게 되었어요. 함께 어울려 지내며, 사람들에게 또 다른 건강을 선물해 줄 수 있다는 사실에 과일과 야채들은 신이 났답니다.

내 글은 신선한 과일과 야채처럼, 삶을 살아가게 하는 힘이 될 거예요. 그리고 많은 사람들과 협업하며, 건강한 희망을 선물해줄 수 있는 작가가 되도록 노력할 거랍니다.

작은 동동이의 커다란 하루

권인선

　여기는 땅속 마을. 아기 씨앗 동동이가 땅을 뚫고 세상으로 나갈 채비를 한다. 젖 먹던 힘을 내어, 배에 힘을 꽉 주고 조금씩 조금씩 위로 올라 싹을 틔우려 애쓰고 있다. 밖에서 기다리고 있는 엄마를 만나러 간다.

　"내가 땅 위로 올라가 햇빛을 볼 수 있을까? 엄마는 아직 나를 기다리고 있을까?" 두렵지만 동동이는 출발한다. 저 위에서 기다리고 있을 엄마를 향해! 여기와 다른 새로운 세계로!

그런데 저쪽에서 다른 씨앗 쿵이가 코웃음을 치며 동동이에게 말한다.

"흥! 너처럼 작고 약한 아이가 이 깊은 땅속에서 저 위로 뚫고 나갈 수 있다고 생각하는 거야? 어림없는 소리! 되지도 않을 일에 괜히 힘쓰지 말고 그냥 나랑 여기서 놀자!"

쿵이는 동동이를 아래로 잡아끌며 말한다. 동동이가 용을 쓰지만, 점점 아래로 끌려간다.

"쿵아! 왜 그래? 나 올라갈 거야! 나를 잡아당기지 마!"

"동동아! 여기도 좋잖아. 적당히 촉촉하고 가만히 있어도 나무 뿌리즙이며 먹을 게 가득한데 어딜 간다는 거야? 꼬맹이가! 저 위는 위험하다고! 우리 엄마는 절대 가지 말라고 했어! 그냥 여기에 같이 있자, 응?"

'아, 쿵이가 당기니까 자꾸 아래로 내려가네? 그냥 여기 쿵이랑 있을까? 힘든데 올라가려고 하지 말고? 아, 힘들어….'

동동은 끌려 내려가며 잠시 생각에 잠긴다. 그때, 아야! 옆구리가 삐죽한 것에 찔려 아프다. 어리둥절한 동동이에게 목소리가 들려온다.

"동동아, 안녕? 나는 땅속에서 깊이 잠들어있는 매미의 애벌레란다. 나는 지금 5년째 이렇게 땅속에 머물고 있어. 나는 7년을 땅속에 머물다 저 위로 나갈 거야. 너는 무엇 때문에 저 위로 올라가려는 거니?"

"아, 5년이나요? 힘들지는 않으세요?"

"힘들긴. 이건 내 인생이란다. 내 몫을 담담히 해내면 돼. 그리고 그 다음 할 일을 또 묵묵히 하는 거지. 우리는 누구이고 어디서 와서 어디로 갈지 아무도 모르지만, 내게 주어진 일을 하루하루 해내며 어른이 되어가는 거야.

네가 땅속에 머물든 땅 위로 나가든 중요하지 않아. 네가 진정 원하고 해야 하는 일이라면 그냥 하면 되는 거란다. 세상에 정답은 없으니까.

네 마음의 소리를 잘 들어 보렴! 그리고 너 자신을 믿고 용기를 내! 너의 길을 당당하게 걸어 봐!"

"감사합니다! 네! 저, 그렇게 할게요! 제가 하고 싶은 일은 땅 위로 나가 싹을 틔우는 일이에요. 연둣빛 싹으로 세상을 보고 느끼고 꽃을 피울 거예요. 저에게 주어진 일을 해낼게요!"

동동은 작은 몸에 온 힘을 내어 다시 출발한다.

내 글은 흙을 뚫고 삐죽이 솟은 연두 빛 새싹이고 싶다.

땅 속에서 애를 쓰고 올라온 여린 새싹을 바라보는 우리네 마음처럼, 애쓴 하루하루를 살아가는 그대들에게 전하는 응원과 격려의 토닥임이고 싶다. 지금까지 잘해왔고, 앞으로도 잘할 거라는 희망의 연두 빛이고 싶다.

5장. 글 : 이야기는 곧 우리다

구름 공장 아저씨의 말들

김수지

하얀 마을에는 구름 공장 아저씨가 살아요. 매일 하얀 구름을 만들어요. 먼저 구름 제조기에 물을 넣고, 마을 사람들의 따뜻한 말들을 넣으면 몽글몽글한 구름이 되지요. 어떤 말을 넣느냐에 따라 토끼 모양, 꽃잎 모양 등 모양도 다양해져요. 마을 사람들은 그런 구름을 보면서 행복감을 느꼈어요.

그러던 어느 날, 마을에 연기 공장이 들어왔어요. 그곳에서는 검은 연기가 뿜어져 나왔고, 결국에는 구름도 가려졌어요. 연기 공장장은 사람들의 차가운 말들을 모아서 검은 연기를 만들었어요.

"이 연기를 마실수록 마음은 얼어붙고 두려움에 떨게 되지." 연기 공장장이 말했어요. 마을의 공기는 점점 차가워지기 시작했고, 검은 연기를 마신 마을 사람들은 생기를 잃어갔어요. 구름 공장 아저씨는 마을 사람들을 구하기 위해 고민했어요.

"어떻게 연기를 멈추게 하지? 아, 연기 재료를 없애버리자!"

그날부터 아저씨는 마을을 돌며 사람들에게 따뜻한 말을 건넸어요.

"당신은 지금 충분해요."

"당신의 꽃밭은 정말 아름답군요. 고생 많았어요."

"실패해도 괜찮아요, 같이 해봅시다."

아저씨의 따뜻한 말을 들으며 사람들의 몸에서 연기가 빠져나가기 시작했어요! 그러자 차가운 말들도 멈추었습니다. 사람들의 몸에서 점점 연기가 빠져나가고, 차가운 말도 멈추었습니다. 연기 공장은 재료를 구할 수 없었어요. 사람들은 연기 공장에 찾아가 외쳤습니다. "우리 마을에 당신은 필요 없어! 다시는 연기를 못 만들게 하겠어!" 연기 공장장은 줄행랑을 쳤습니다.

공장이 멈추고 연기가 걷히니 다시 하얀 구름들이 보이기 시작했어요. 그리고 사람들의 얼굴엔 생기가 돌아왔답니다.

"이젠 우리 마을에서 멋대로 연기를 피울 수 없게 하자!" 마을 사람들은 다짐했어요.

제 글이 구름공장 아저씨가 만들어내는 구름처럼, 연기 같은 슬픔과 분노를 밀어내고 사람들에게 행복을 선물해 주길 바랍니다.

아름다운 글, 좋은 글로 함께 할게요.

숫자 1이 어느 날 방을 나와

서 혜 주

"응애! 응애!"

"축하드립니다. 건강한 왕자님이에요."

영일(01) 숫자나라 병원에 오늘 1일에 또 새로운 숫자가 탄생했어요. 바로, 11111이랍니다.

0과 1만으로 이루어진 숫자나라에서는 끝자리가 0은 여자아이, 1은 남자아이를 뜻하지요.

1 10 11 100 101 110 111 1000 1001 1010 1011 1100 1101 1110 1111...

지금까지 숫자나라에서 태어난 숫자들이에요. 그런데, 제일 먼저 태어난 맏형 1은 새로운 출생 소식을 듣고도 더 이상 기쁘지 않답니다. 누가 누군지도 모르겠고 순서를 헤아릴 힘도 없어요. 오직 한 가지 고민 뿐. 다른 숫자들처럼 갓 태어난 11111도 머지않아 1에게 와서 이럴 테지요?

"야, 땅꼬마 1! 조그만 게 어디서 까불어? 넌 언제 클래? 집에 가 밥 더 먹고 와. 나랑 힘겨루기하자! 내가 우리나라에서 제일 큰 숫자야. 내가 대장이라고."

1이 다섯 개나 되는 자신의 힘만 믿고서 말이에요. 나이는 제일 많고 키는 제일 작은 땅꼬마라고 놀림 받은 게 어제 오늘의 일은 아니에요. 그렇지만 속이 깊고 참을성이 많은 1은 늘 생각했답니다.

'나에겐 나만의 중요한 의미, 나만의 힘이 있을 거야. 다른 숫자들처럼 덩치로 밀어붙이는 힘 말고 말이야.'

용맹하고 이성적인 숫자 대표 1과 온유하며 감성적인 대표 0의 결합은 아주 오랜 옛날로 거슬러 올라가지요. 0에서 9까지의 숫자나라 중에서도 두 나라간의 결혼은 최고의 자랑이었답니다. 그도 그럴 것이 대표 0과 1은 각각 곡선과 직선을 상징하는 꽃미녀, 꽃미남이기도 했으니까요.

1에게는 가장 친한 벗 10이 있었어요. 태어난 순서가 바로 뒤여서 친할 시간이 많기도 했지만 유연한 0의 성격을 지녀 생각 깊고 완전함에 가까운 10이랍니다. 1의 어두운 얼굴을 보고 10이 엄마인 대표 0에게 갔어요.

5장. 글 : 이야기는 곧 우리다

"엄마, 1이 다른 숫자들 때문에 너무 힘들어해요. 숫자들을 따끔하게 혼내 줄 방법이 없을까요?"

엄마 대표 0은 마음이 아팠어요. 모든 숫자들이 사이좋게 지내길 바랐는데 1이 속상한 날이 많았기 때문이에요. 대표 0은 깊은 생각에 잠겼답니다. 1이 깊은 생각을 하는 것은 엄마로부터 받은 영향이지요.

10의 부탁이 여러 날 계속 되자 엄마가 모두를 불러 놓고 말했어요.

"너희 모두가 사이좋게 지내면 엄마로선 더 이상 바랄 게 없겠는데, 그래 줄 수 있겠니?"

엄마의 간곡한 부탁에도 숫자들의 태도가 바뀌지 않자 며칠 후 엄마 0은 특단의 조치를 취했어요. 바로, 유능한 마술사이기도 한 엄마가 모든 숫자에서 0을 없애버린 것이었지요!

다음 날 거울을 통해 자신의 변화된 모습을 본 숫자들은 대혼란을 겪었어요.

10은 1이 되고 100도 1이 되고 101은 11이 되었으니까요. 더욱이 0의 부드러운 기운이 없어지면서 경쟁심이 더욱 드세어졌습니다. 혼란 속에서 유일하게 변화가 없던 건 숫자 1뿐이었지요.

모든 숫자들이 절망 속에 있을 때 숫자 1은 조용히 자기 방에 있었어요. 생각 의자에서 오래 생각하던 1이 어느 날 방을 나와 엄마와 모든 숫자들에게 말했어요.

"이번에 저의 의미를 깨달았어요. 저는 작지만 저 자체로 소중해요. 또, 제가 가진 의미를 알게 되었어요. 첫 마음, 첫 눈, 첫 사랑, 그리고 1등도요. 친구들도 모두 각자의 모습과 의미로 소중하니 원래의 모습으로 되돌려 주세요. 네, 엄마?"

엄마 0은 숫자 1을 따스한 눈빛으로 바라보더니 힘주어 고개를 끄덕였어요.

마법이 풀려 자신의 진짜 모습을 되찾은 숫자들이 모두 1을 둘러싸고 한마디씩 했어요.

"1아, 그 동안 미안했어."

"자신의 모습 그대로 우리 사이좋게 지내자. 나 100은 나를 사랑해. 제일 잘 한 점수를 말할 때 100점이라고도 하잖아."

"숫자 1 덕분에 서로를 미워할 필요가 없다는 걸 깨닫게 되었어. 고마워."

내 글은 숫자 1처럼, 글쓰기를 시작했던 첫 마음을 잃지 않고 나만의 중심을 잡아 있는 그대로의 나를 사랑하며 타인을 존중하는 희망의 아이콘이 되길 바랍니다.

5장. 글 : 이야기는 곧 우리다

코나는 이제 알지요

한효원

유칼리나무 위, 세상모르고 쿨쿨 잠을 자던 코나는 친구들이 여느 때처럼 유칼리 잎을 맛나게 먹는 소리에 깨어났어요.

졸린 눈을 한참 비비다 코나는 언젠가부터 계속 하게 되었던 그 생각이 또 떠올랐습니다.

'왜 우리는 유칼리 잎만 먹는 걸까?

나무 아래로 내려가면 많은 풀들이 있어.

빨갛고 노란 열매들은 도대체 무슨 맛일까?'

코나는 친구 알리에게 물었어요.

"알리야. 나무 아래 저 열매는 무슨 맛일까?"

"글쎄. 너는 그런 게 왜 궁금하니? 나무 아래는 위험해! 우린 유칼리 잎만 먹으면 돼."

친구들은 코나에게 그냥 먹던 잎을 먹으라고 했어요.

원래 코알라들은 다 그렇다고 했지요. 코나는 이해할 수 없었죠. 그리고 결심했어요.

"그래! 다른 걸 먹어보자!"

코나는 나무 아래로 내려와 주위를 살폈어요. 심장은 쿵쿵 거리고 숲에서 들리는 소리는 오싹하기까지 했지요. 큼큼한 흙냄새와 처음 맡아보는 향기로운 꽃냄새에 호기심이 생긴 코나는 더 용기를 내보았어요.

빨간 열매에 가까이 다가가니 열매에서는 달콤한 냄새가 풍겨왔지요. 열매를 한 입 베어 물자 상큼한 과즙이 입안을 가득 채웠어요. 처음 맛본 달콤함에 털이 바짝 서는 기분이었어요.

"코나가 뭘 하고 있는 거지?"

"세상에! 처음 보는 열매를 먹었어! 코나는 곧 죽게 될 거야!"

"하지 말라고 그렇게 말렸는데 말이야. 쯧쯧쯧."

나무 위 코알라 친구들은 코나의 모습을 지켜보며 온갖 흉을 보았어요.

하지만 코나는 이제 알지요. 나무아래 세상은 더 이상 두려운 곳이 아니라는 사실을 말이에요. 코나가 용기를 선택해서 오게 된 이곳은 새로운 모험이 시작되는 신나는 장소였답니다.

내 글은 코나의 모험처럼, 새로운 영역에 도전하는 것을 두려워하지 않고 타인의 시선을 의식하지 않으며 나만의 세계를 만들어 가게 될 거예요.

맛있는 어울림

권세연

나는 새하얀 피부와 따뜻한 온기를 품고 있는 내가 참 자랑스러웠다. 어느 날, 길쭉한 흰 꼬리를 가진 노란 색이 우리 집에 불쑥 찾아왔다. 뒤이어 이쑤시개처럼 가늘고 딱딱한 주황색이 쑤욱 따라 들어왔다. 불편했지만 인내하며 언젠가는 끝나겠지 싶어 멍하니 앉아있었다.

불편한 건 나뿐만이 아니었다. 노랑이는 나와 맞닿은 살결이 너무 뜨겁다며 펄떡펄떡 뛰었고, 주황이는 집이 너무 좁다며 입을 삐죽거리며 투덜거리고 있었다.

나는 최대한 벽에 붙어 이 순간이 꿈이길 바라며, 그들의 소리에서 멀어지고자 노력했다. 잠시 후, 물컹물컹한 보라색 한 뭉텅이가 떨어졌다. 우리 셋은 동시에 그 녀석을 쳐다보았다. 누가 먼저랄 것도 없이 '쟤 또 뭐야?' 차가운 시선을 보냈다.

신기하게도 보라색은 주눅 들지 않고 부들부들한 살결로 우리를 포근히 안아주었다. 따뜻한 체온이 느껴지자, 한껏 긴장하여 경직되었던 우리 몸은 사르르 풀렸다.

"넌 누구야?"

"난 항아리에 있는 물에서 자랐고 콩나물이라고 해. 넌 누구야?"

"난 흙 속에서 자랐고 당근이라고 해. 넌 누구야?"

"난 연두색 줄기에 매달려서 자랐어. 가지라고 해. 넌 누구야?"

한참 주거니 받거니 이야기를 하더니, 나에게 질문과 함께 시선이 쏠렸다.

"나? 나는 밥이야."

"밥? 밥이 뭐야?"

"응? 밥이 뭐냐고? 나는 벼에 매달려 있었고, 원래 쌀이었어. 그런데, 어떤 사람이 날 물에 씻기더니 한증막에서 사우나를 시켜주더라.

그러더니 나보고 밥이래. 엉덩이 뜨끈한 곳에서 이제 좀 편해지려나 했더니 너희들이 갑자기 막 들어왔어. 이제 나는 어떻게 될지 모르겠어."

화기애애한 분위기 속에서 안정을 되찾고 대화를 나누던 중에 시뻘건 액체가 떨어졌다. 놀랄 틈도 없이 긴 막대기까지 들어오더니 우리를 마구

휘젓기 시작했다. 내 몸은 핏빛으로 물들어가고 있었다.

'이제 우리 삶이 끝나는 가봐.' 포기하려던 순간 하늘에서 단비 한 방울이 톡 떨어지면서 고소한 향이 우리를 감쌌다.

"우와! 비빔밥이다."를 외치며 많은 사람들이 우리를 여기 저기로 데려가고 있었다. "정말 맛있다." 사람들은 연신 감탄사를 쏟아내며 함박웃음을 짓고 있었다.

낯선 이들이 내 집을 침범한다 생각했고, 새빨간 핏빛으로 내 몸이 물들며 휘둘리는 순간 내 인생은 끝났다고 생각했다. 그러나 그들은 내 인생에 선물이었고, 지금 나는 축제를 경험하고 있다.

"내가 살면서 이렇게 사람들을 기쁘게 해주고, 환영받으며 따뜻한 시선에 머물던 때가 있었나?"

나만의 세계에 혼자 갇혀있던 시간들보다, 이렇게 세상에서 사람들과 함께 호흡하는 지금이 참 좋다.

인생, 끝날 때까지 끝난 게 아니다! 지금 나는 세계음식축제가 열리는 이탈리아로 가는 비행기 안이다.

내 글은 비빔밥처럼, 사람들과 어울려서 같은 뜻을 향해 나아가며 나를 만나는 사람들마다 그들이 더 큰 꿈을 발견할 수 있도록 도와주는 맛있는 글이 될 것이다.

나가는 글

글쓰기 전의 종이와 글씨는 생명을 띄지 못했다.

작가로 살고 있는 지금은 안다.

종이는 내 마음이고 글씨는 내 감정이라는 것을.

혼자 글 쓰면서 내 마음과 내 감정을 들여다보는 과정이

충분하다 생각했다.

함께 글을 쓰는 시간을 쌓고 난 후 나는 한 번 더 성장했다.

내 마음과 내 감정에서 우리 마음과 우리 감정이 보이기 시작한 것이다.

– 권세연 –

글쓰기로 또 다른 나를 만났다.

조용히 숨어있어 오래도록 알아보지 못했던, 귀한 나의 모습이었다.

나에게 미안한 마음이 고마움이 될 수 있도록

글로 책으로 나를 더 자주 만나려한다.

새로운 우정에 가슴이 설렌다. 글 쓰는 나. 벅차고 반갑다.

– 권인선 –

두근두근, 가슴이 설렜다.
아나운서로 사람들에게 세상을 알리고 전하는 일이 좋았다.
다시, 가슴 뛰는 나를 만났다.
나를 담아내는 글쓰기를 통해 진짜 나의 이야기를 시작하려 한다.
그 어느 때보다 벅차게!

- 김미정 -

'내가 글을 쓸 수 있을까?'
나는 늘 나에게 엄격한 잣대를 들이댔고, 두려움이 많은 사람이었다.
일단 써 보았다. 그러자 형체 없던 두려움은 사라지고,
'지금'이라는 땅에 굳게 서있는 나를 만나게 되었다.
글은 나를 계속해서 앞으로 나아가게 하고,
내가 '지금'에 존재할 수 있게 한다.

- 김수지 -

글을 쓸까 말까, 고민했다.
다시 주어진 기회를 잡아 감사한 마음으로 글을 쓴다.
이제, 여러 사람이 함께 잘 차린 밥상인 책에
색다른 삶의 맛을 더할 수 있으면 좋겠다.

- 김연희 -

나가는 글

내 삶이 행복하지 않다고 느껴졌을 때,
내가 할 수 있는 것이 아무것도 없다고 좌절했을 때,
살아가기 위해, 살아내기 위해 글을 쓰기 시작했다.
이제는 글을 써서 행복하고, 글을 쓸 수 있음에 행복하다.

- 김지혜 -

내가 쓴 글이 책으로 탄생된다는 것만으로도 너무 설렌다.
글 쓰는 시간동안 격려를 아끼지 않았던
세 아이들과 남편 덕분에 큰 용기를 얻을 수 있었다.
글을 쓰고 난 후 아이들에게 말했다.
"엄마가 드디어 글을 썼어. 그동안 격려해 줘서 고마워."
"엄마가 해내실 줄 알았어요." 아이들은 함께 기뻐해 주었다.
이 기쁨을 늘 기억할 수 있도록 글 쓰는 엄마 작가로 남을 것이다.

- 김태은 -

개인 저서들을 출간할 때도 이런 감정은 아니었다.
아이 셋을 낳을 때도 이런 감정은 아니었다.
내가 좋아하는 배우, 공유가 우리 옆집으로 이사 왔는데
현관문 여는 소리가 나는 것을 듣고 있을 때 느낄 수 있는 감정이다!
우리 작가님들과 모든 것을 공유하고 싶다.

- 백미정 -

모였노라.

함께 썼노라.

행복하노라.

- 서혜주 -

낯선 글감 앞에 어설프게 나를 풀어낸다.

함께의 힘에 기대어

백지를 채워간 수고의 끝이 우리의 글과 만난다.

나, 그리고 우리와 마주했던 지난 시간들에

아낌없는 토닥임과 감사를 보낸다.

- 위혜정 -

꾸욱 눌러 두었던 마음의 말을 꺼내 놓았다.

낯간지럽기도,

속 시원하기도,

나도 몰랐던 나를 발견하기도 했다.

글쓰기는 놀랍다.

산통을 겪을 때처럼 힘들지만,

어느새 잊고 둘째가 보고 싶은 것처럼 또 쓰고 싶어진다.

- 유선아 -

나가는 글

아이를 낳고 부모가 되었다.

그렇게 어른이 되어가는 길에 글쓰기를 만났다.

나에게 글쓰기는 나로 살기 위한 도구다.

바쁘고 힘든 세상,

엄마. 아내. 딸. 며느리라는 정체성 외에

'나'로 살아내기 위해 글쓰기를 놓지 않고 있는 내가 자랑스럽다.

- 이고은 -

아내와 엄마로 살고 있던 어느 날,

공허함이 불쑥 찾아왔다.

한 권의 책을 만나고 난독증을 극복했다.

헛헛하던 마음이 나아지기 시작했다.

독서는 글쓰기로 나아가게 해 주었다.

독서와 글쓰기를 꾸준히 해온 지난 삼 년의 시간을,

그 속에 있는 나를 사랑한다.

그 사랑을 이제, 여러분께 책으로 내어 놓는다.

- 이수아 -

구본형 작가님의《나는 이렇게 될 것이다》책 제목이 생각난다.
바라는 대로 글 쓰는 대로 살아가게 되는 삶 가운데,
우리 작가님들과 함께 또 한 번의 기적을 이루어 내었다.
'이렇게 될 것이다'가 아닌, '이렇게 되었다'로 말이다.
함께의 힘이다.
글의 힘이다.
글 쓰는 삶은 축복이다.
그 축복을 책 출간으로 나눈다.

- 이정숙 -

글을 쓰며 나를 들여다본다. 깊은 바다 속에 있던 나,
의식하지 못했던 내가 하얀 종이에 소환된다.
연필로 꼭꼭 다독이며 용기를 주어야지.
어제도 오늘도 내일도 충분해.
너라서.

- 이지영 -

글쓰기 시도를 통해 발견하게 된 사실이 있다.
나의 마음과 시선이 꽤나 외부로 가 있었다는 것이다.
글쓰기 과정은 외부로 향해 있는 내 모든 것들을
내부로 끌어들이는 놀라운 시도를 가능하게 했다.

즐겁기만 한 시간들이 아니었지만
그 고통의 시간들 덕분에
내가 성장하고 변화될 수 있었음을 부인할 수 없다.
글 쓰는 습관이 몸에 베인다면,
내 삶은 얼마나 더 의미 있고 깊어지며 여유로워질지 기대가 된다.
글쟁이가 되고 싶은 소망을 품게 해 준 이 시간들에 감사드린다.

- 임미영 -

글쓰기는 나를 알아갈 수 있는 설렘의 시작이었다.
글쓰기와 함께 나를 찾아가는 여행을 하면서
상처가 치유되는 놀라움도 맛보았다.
그리고 글쓰기 여행에서 삶의 이야기를 나눌 수 있는
용기가 생겼던 건 함께의 힘을 보여준 동행자, 작가님들 덕분이었다!

- 전숙향 -

나는 왜 이렇게 사는 걸까?
삶에 대한 물음표들을 글로 남겼다.
글쓰기로 치유 받고 과거로부터 자유로워지는 나를 발견했다.
진짜 나를 찾아가고 있다.

- 한효원 -

혼자는 어렵게 느껴진 책 쓰기, 함께라서 즐겁게 해냈다.
보물창고를 열어 갖고 싶은 보석들을 선택하듯,
마음 속 소중한 이야기들 중 풀어내고 싶은 것을 글로 표현했다.
여러 가지 분주한 일들이 있었지만,
공저를 끝까지 마무리한 내가 대견하다.
앞으로 며칠간은 푸욱 자야겠다. 야호!

- 홍미진 -

나를 가장 잘 아는 이도 나이고,
내 마음의 감정을 선택할 수 있는 이도 나이다.
슬픔을 감추려 했지 드러내고 싶지 않았다.
하지만 이제 나는 나답게 살고 싶다.
글쓰기를 통해 진정한 나를 찾고 싶다.

- 황선희 -

작가 소개글

권세연

열정 랜선새벽도서관 운영자
기쁨 교육학 석사, 라이프코치, 개인저서 외 공저 3권 출간
확장 2021년 대만, 마카오, 홍콩 판권 수출, 한국코치협회 올해의 코칭 도서 2관왕

김미정

결의 전) 사내방송 아나운서 (삼성bp)
      현) 하브루타 강사 사고뭉치쌤
      '생각 울림 연구소' 개설 예정
열정 그림책, 하브루타 수업 및 강의 700여 회 이상 진행
기쁨 이솝 우화 질문테라피, 버츄공동체 'Meet Me' 운영, 낭독/스피치 보이스 디자인

김연희

열정 독서토론 강사, 독서논술강사, 장애인식 개선 강사
용기 장애를 나만의 독특한 정체성으로 만들어가는 사람
도전 장애로 밥 먹고 살기

김태은

사랑 전직 어린이집 교사
열정 개인저서 출간 예정
노력 아이 셋 엄마

권인선

우정 독서 동아리, 버츄 공동체 운영
열정 NYU TESOL석사, PTA 심리유형 분석사, 진로교육강사
확장 개인저서 출간 예정

김수지

도전 삼성전자 근무, 스타트업과 창업 경험 총 11년
기여 라이프코치 300여 회 진행
성실 엄마의 루틴 모임 운영

김지혜

열정 개인저서 출간
도전 켈리최 회장님 커뮤니티의 독서모임 운영자
몰입 스몰스텝 엄마코치(독서와 글쓰기로 대한민국 엄마들의 꿈을 코치)

백미정

몰입 10권의 책 출간
창조 글쓰기 강사, 책 쓰기 코치, 교육 기획자, 작가 강사 양성
사랑 아들 셋 엄마

서혜주

근면   삼성전자 15년 근무
몰입   개인저서 출간
기쁨   문집 8권 발행, 힐링 트레이너

유선아

창조   그래픽 디자이너 10년, 캘리그라퍼 6년
치유   캘리하는 라이프코치
감사   글 쓰는 세 아이 엄마

이수아

보람   전) 유치원 교사
열정   개인저서 외 공저 8권 출간
헌신   아들 둘 엄마

이지영

도전   평생교육을 연구하는 예비박사
나눔   그림책 심리상담사
꿈   개인저서 출간 예정

전숙향

헌신   청소년 상담 봉사 20년
꿈   개인저서 출간 예정
배움   도예공감코치 2급 자격

홍미진

활력   프로그래머, 조직관리, 교육담당 및 인사
담당(24년차 직장인)
긍정   갤럽 강점 인증 코치, 긍정심리상담사
성찰   10권이 넘는 일기장

위혜정

배움   고등학교 영어교사 14년차
나눔   영어교사 대상 강의
감사   개인저서 출간

이고은

창조   종이책, 전자책, 공저 출간
몰입   독서모임 운영, 서평단 운영, 글쓰기 강사
사랑   연년생 남매 엄마

이정숙

변화   새벽 독서모임 운영자
건강   천연 요리 연구가, 음식 피정 리더
열정   개인저서 3권, 공저 3권 출간

임미영

열정   동기부여 및 에니어그램 강의 1,000여 회
이상 진행
기여   콘텐츠 개발, 강사 양성 기관 운영
기쁨   강의와 상담을 통한 타인 성찰과 치유

한효원

진정성   초중고 진로교육강사, 장애인 평생교
육강사
도전   8년간 경단녀에서 39살 1인 기업가의
삶으로 진화
깨달음   4번의 장례식, 두 아이의 엄마

황선희

기쁨   희망을 전하는 직업상담사
연결   인스타 팔로워 10,000명 인플루언서
배움   주식, 부동산 공부하는 미래 부자(레버리
지마스터 10기 이수)

     작가 소개글